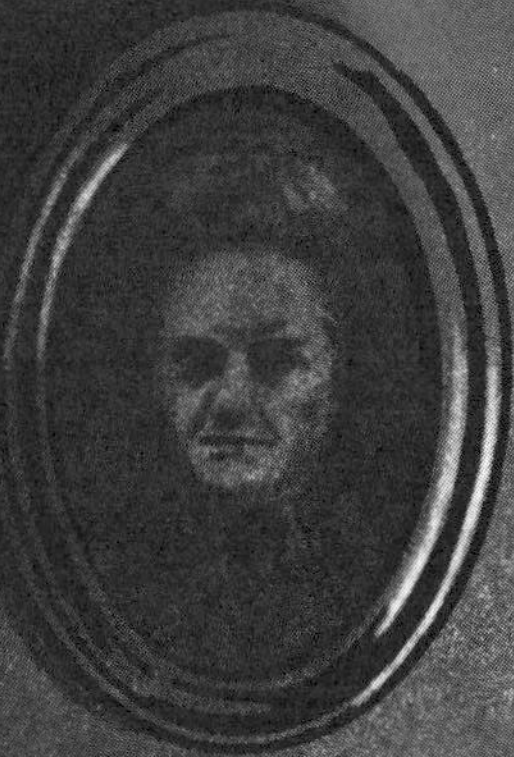

さあ目をとじて、
かわいい子

サリー・ニコルズ　杉本詠美＝訳

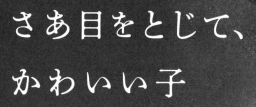

First published in the UK in 2013 by Marion Lloyd Books,
An imprint of Scholastic Children's Books
Japanese translation published by arrangement with
Sally Nicholls c/o United Agents Ltd.,
through The English Agency (Japan) Ltd.
Japanese edition published by Kaisei-sha Publishing Co., Ltd., 2025

装画／須藤はる奈
装丁／城所潤（ジュン·キドコロ·デザイン）

祖父母へ
そして、その他すべての
「家族の修繕屋《しゅうぜんや》さん」へ

もくじ

おもな登場人物

オリヴィア……………主人公。十一歳《さい》。五歳のときに保護されて以来、いろいろな家を転々としてきた。

ジム・アイヴィー……………オリヴィアの里親。

ダニエル……………ジムの息子《むすこ》。オリヴィアと同じ十一歳。

ハリエット……………ジムの娘《むすめ》。ダニエルの妹。八歳。

グレース……………ジムの里子。十八歳のシングルマザーで、大学進学を目指し勉強中。

メイジー……………グレースの娘。

リズ……………専門里親で、オリヴィアと一年半いっしょに暮らした。

キャロル……………オリヴィアのソーシャルワーカー。

ヘレン……………オリヴィアのセラピスト。

ヘイリー……………オリヴィアの実の妹。九番目の家で養子としてひきとられた。

ジェイミー……………オリヴィアの実の弟。赤ちゃんのころに養子としてひきとられた。

アメリア・ダイアー……………ヴィクトリア時代(十九世紀)の殺人鬼《さつじんき》。

さあ目をとじて、かわいい子

あたしは、魔女《まじょ》なのかもしれない。

あたしが生まれるとき、何かまちがいが起こったんだ。ほかの子は青い目で、髪《かみ》の毛もくるくるしてかわいかったけど、あたしは、吠《ほ》えるようにわめきながら、悪い子に生まれてきた。ほかの赤ちゃんは天使みたいで、パパやママに愛されてた。でもあたしのママは、最初からあたしのこと、憎《にく》んでた。

「あんたが悪魔《あくま》だってことは、初めからわかってた。やっぱ、思ったとおりだわ」

ママは、いつもそう言ってた。

ママがあたしを愛さなかったから、あたしはほかのおとなに、あたしのこと好きになってもらわないといけなかった。うんと小さいときから、あたしは、おとなたちを思いどおりにすることができた。あたしには雷《かみなり》よりも力があって、そのことが自慢《じまん》だった。

だけど、だれもあたしをほんとには愛してくれなかった。これからだって、あたしを愛せる人なんて、いないと思う。愛してるって言ってくれた人もいたけど、それも、あたしがどんなモンスターか、わかるまでのあいだだけ。

十六番目の家

これは、あたしが十一の年、アイヴィー家で暮らすことになったときに、あたしの身に起こったできごと。信じたくなければ、信じなくていい。たいていの人は、あたしの話なんか信じない。たいていの場合、それが正解で、なぜって、あたしはしょっちゅう、うそをつくから。でも今回は、ほんとの話。ここに出てくることは全部、書いてあるとおりなの。

アイヴィー家ってのは、里親家族。親といっしょに暮らせない子どもを、養子にはしないけど家族みたいにして自分の家で面倒《めんどう》見るのが里親で、その家を里親家族とか里親家庭ってよぶ。そのまえは、ブリストルの町のフェアフィールズっていう「子どもの家」、つまり児童養護施設《じどうようごしせつ》にいたんだけど、もっとまえの里親のリズは、あたしはそういう施設じゃなくて家庭で育てられたほうがいいと思ってて、そしたらジム・アイヴィーが、ためしに預かってもいいよって言ったらしい。ジムはリズの友だちで、それでリズは、あたしのことジムに頼《たの》んだってわけ。リズがあたしを追いだしたのにはいろいろ理由があったんだけど、それはぜんぜんあたしのせいじゃなくて、追いだされたあとも、あたしはちょくちょくリズと会ってた。リズはフェアフィールズに会いにきて、ジムのことをいろいろ話した。農場にある、大きくて古い家に住んでるとか、ブタとかアヒルを飼ってるとか、長期の里親で、だからもし、おたがい気が合ったら、おとなになるまでずっといてもいいんだとか。リズがその話をするあいだ、あたしは足で床《ゆか》をすってるだけで、何も言わなかった。あたしは、赤ちゃんのころから何度も里親に預けられてて、フェアフィールズはあたしの十五番目の家で、だから、この家にはずっとずっといられるよとか言われても、もう信じないことにしてた。「家」って言われてたほかの場所についてはまたあとで話すけど、それを聞けば、あたしがそう決めたわけがわかるよ。

アイヴィー家はブリストルの町はずれの、まさに田舎《いなか》ってとこにあった。ソーシャルワーカーのキャロルがそこまで車で連れてってくれたんだけど、どんだけってくらい時間かかった。最初はまわりに家とかお店もあったけど、そのうち草っ原になって、それから草っ原と丘《おか》がかわりばんこにつづいて、それから大きい道をはずれて小さい道に入って、丘にそってえんえんと走って、家とかはもうほとんどなくなった。それからそのちっちゃな道を出てゲートを通り、農場のなかに入った。

「ついたわよ、ひねくれちゃん」

返事なんかしてやらない。キャロルは新しいソーシャルワーカー。あたしにはこれまでたくさんのソーシャルワーカーがついたから、何人目だかもう忘れた。

あたしたちは車をおりた。そこで見たのは——

横に長い白い家。緑のドア。ガラスが四枚ずつはまった、たくさんの窓。絵本のなかの家みたい。大きなとびらのついた納屋《なや》。とびらはあいてて、なかは広くて暗い。アヒルの池に、アヒルが何羽もいる。ニワトリの囲いもある。

キャロルがドアをノックした。男の人が出てきた。

社会福祉部《しゃかいふくしぶ》が家族全員の写真を送ってきたから、それがだれかはわかった。名前はジム。この家の父親。アイヴィー家に母親はいない。この家のいちばんいい点は、あたし的にはそこだった。ジムは背が低くて、やせてて、にこにこしてる。そんなに年じゃない。ほんとはね。だけど、髪《かみ》の毛は白髪《しらが》になりかけてる。ジムのまえに、小さい女の子が立ってた。名前はハリエット。この家の娘《むすめ》だ。黒い髪で、そばかすがあって、赤白の海賊《かいぞく》のバンダナをまいて、アイパッチをして、片手にプラスチック製のフックをつけてる。

「ここには海賊団がいるようね」

キャロルが言うと、ハリエットはあとずさりして、父親の脚《あし》のあいだにもぐりこもうとした。

ポーチは、長靴《ながぐつ》とかサッカーボールでいっぱいだった。いったい、ここに何人子どもがいるんだっけ？　たしか、三人と赤ちゃんがひとりのはずだけど、長靴の数を見ると、もっといるみたいに思える。キッチンは広くて古くさかった。子どものかいた絵が壁《かべ》じゅうに貼《は》ってあって、男の子がひとり、キッチンテーブルのいすにすわって、絵をかいてた。ジムの息子《むすこ》のダニエル。十一歳《さい》。

ダニエルはあたしを見てにこっとすると、絵のつづきをかきはじめた。あたしはそばにいって、肩《かた》ごしにのぞきこんだ。えんぴつで、SFっぽい街の絵が細かくかきこまれてる。塔《とう》やものすごく背の高いビルがいくつも、空に向かってぐーんとのびてる。宇宙船が何機も、塔のまわりを飛びまわってる。歩道には、見たこともないへんてこな植物がにょきにょきはえてる。

「やあ」

ダニエルが顔をあげて、あいさつした。あたしは、何も言わなかった。

ジムはキャロルとあたしに家のなかを案内し、ハリエットもあとをついてきた。手にはまだフックをつけてる。家は細長くて、暗くて、古かった。

「十八世紀の家だよ」と、ジムは言った。

一階にはキッチンのほかにダイニングルームがあって、そのそばに小さなオフィスがあって、コンピューターが置いてあった。リビングの床板《ゆかいた》は黒くぬられてて、敷物《しきもの》が何枚かしいてあって、古くさいいすとかソファーとかあるけど、色も形もばらばら。そこにはガラス戸のはまった本棚《ほんだな》もあって、古い本がいっぱいつまってた。どれもこれもぼろな感じで、あたしは心配になった。だって、里親家庭のなかで最悪なのは、お金目当てで里子を預かる家だから。この家はものすごく大きいし、そこまで貧乏《びんぼう》じゃないとは思うけど。

リビングにはほんものの暖炉《だんろ》があって、ほんものの火が燃えてた。ネコが一匹《ぴき》、あおむけに寝《ね》ころんでおなかを火に当ててる。そばで黒人の大きい女の子が、赤ちゃんにおっぱいをしゃぶりつかせてた。その大きい子がもうひとりの里子。部屋に入ってきたあたしたちをちらっと見ただけで、すぐまた赤ちゃんに目をもどした。

「やあ、グレース」

ジムが声をかけた。

グレースは、「ん」だか「あ」だか、不満そうな声で返事した。

「これがオリヴィアだ。オーケー？　オリヴィア、こちらはグレース。きみの新しい姉さんだよ。あのネコはジグザグ。そのおちびさんはメイジー。女の子だ」

グレースは「よろしく」ともなんとも言わなかったし、こっちも何も言わなかった。あたしにはもう、数えきれないくらいきょうだいがいる。そのなかで大事なのは、ほんとの妹のヘイリーと、ほんとの弟のジェイミーだけ。でも、ジェイミーとは、あの子が赤ちゃんのとき以来会ってないから、やっぱり数には入らないかもしれない。

グレースは、この家のよくない点のひとつ。あたしは大きい子がきらい。いちばんいいのは自分しか子どものいない家で、だって、そしたらほかの子にいやな目にあわされないですむから。

あたしの部屋は、せまい階段をのぼった二階にあった。あたしは暗いとこがきらいで、だから上がりたくなかったけど、上がらないとジムが怒《おこ》るかもしれないから、のぼらないわけにいかなかった。上の階には長いろうかがあって、その両側に部屋がある。ろうかはとちゅうで一段上がったり、逆に下がったりして、だれがこの家を建てたんだか知らないけど、床《ゆか》の高さを決めるのに、ころころ気が変わりすぎだと思う。あたしの部屋はろうかのいちばん端《はし》にあった。そこにはベッドがひとつと、机がひとつ、たんすがひとつあったけど、それ以外は何もなかった。壁《かべ》は白で、まえの里子がポスターを貼《は》るのに使った粘着《ねんちゃく》テープのあとが残ってる。机の上には、かみあとのあるえんぴつが何本かささったピエロのマグカップがのってて、それがよけいすべてを悲しく感じさせた。

たとえ、ずっとここに住んでていいよって言われたとしても、部屋の壁に、そこにはもういないだれかが貼った粘着テープのあとがあれば、知るべきことは全部、それでわかってしまう。

ダニエル

ジムはあたしを二階に残して、いってしまった。荷物の整理をするよう言われたけど、あたしはやらなかった。二階にいたのは二秒くらいで、あたしはまた下におりた。ひとりになるのはいや。何よりもいや。無視されるくらいなら、どなられたり、わめきちらされたりするほうがまし。

あたしの部屋に近いろうかの端《はし》に、もうひとつ階段があった。最初に上がってきた、せまくて気味の悪い使用人用の階段にくらべたら広いけど、そんなには変わらない。踊《おど》り場《ば》の壁《かべ》に、年とった女の人の白黒写真がかけてあった。かなり昔の人みたい。ヴィクトリア時代くらいの。白髪《しらが》で、顔はしわしわで、頭にボンネットっていう昔のぼうしをかぶってる。カメラをまっすぐ見つめて、まるであたしのことがきらいみたいに、こっちをにらみつけてる。あたしは、まちがいなくこの人が大きらい。まえに里親だったヴァイオレットにそっくりで、ヴァイオレットは、すごく、すごく、すごく、邪悪《じゃあく》な女だった。

好きなだけ見ればいい、いじわるばあさん。あたしは気にしないから。

心のなかで言ってみたけど、ほんとは気になった。その写真をちょっと見ただけで、おそろしいことを思いだしてしまった。きらわれるのがどんな気持ちかとか、自分がちっぽけで、何も抵抗《ていこう》できなくて、だれかの思うままにされる気持ちとか。写真の女の人はまるで、あたしがいままでいっしょに暮らしたことのある最悪な人たち――ほんとのママとか、ヴァイオレットとか、一時預かりの家の、できるだけ早くあたしを追いだしたいとしか思ってなかった人たち――の、最悪な部分からできてるみたいだった。

写真から敵意がこっちに向かってくるのを感じて、そのせいで、あたしはこの新しい家族にぜんぜんいい感じを持てなかった。なんでこんな写真、壁《かべ》にかけてるわけ？　友だちなの？　親せき？　この人はこの家にきたりするの？　リズの友だちみたいな人なら、かまわない。でも、ヴァイオレットみたいな人だったら、ほんとにこまる。ヴィクトリア時代の人がいまもまだ生きてるなんてことある？　昔すぎるから、もう生きてない？　あたしは転校ばかりしてて、ヴィクトリア時代のことをあんまり習ってない。ビートルズとかスピットファイア戦闘機《せんとうき》とかよりまえの時代ってことはわかるけど、だからといって、その時代の人はみんな死んだと思っていいかどうかは自信ない。ポール・マッカートニーはまだ生きてるし。

あたしは下におりた。キャロルとジムはキッチンにいて、お茶を飲みながらあたしの話をしてた。ハリエットはジュースを飲んでる。

「あら、オリヴィア」

キャロルがあたしに気づいた。

「もう荷物の整理、終わったの？　ずいぶん早いわね」

あたしはキャロルをにらみつけた。

ダニエルが、笑って言った。

「父さん、オリヴィアに外を案内してもいい？」

ハリエットが「わあい！」とうれしそうな声をあげて、フックのついた手をぶんぶんふった。

「ブタを見にいこうよ！　ヤギもいるよ！」

「いっておいで」と、ジムは言った。

「オリヴィア、あなたがもどってくるまえに、わたしはここを出ることになると思うわ」と、キャロルが言った。

あたしは肩《かた》をすくめた。

「さよならは？　連れてきてくれてありがとう、は？」キャロルが言う。

あたしはまた肩をすくめて、「またね」とキャロルを見ずに言った。それからキッチンのドアをあけて外に出たけど、キャロルの横を通るとき、わざとぶつかってやった。

庭

外に出るとすぐ、気分がよくなった。農場って好き。ここにはトラクターはあるのかな？　農場なら、子どもだってトラクターを運転させてもらえるよね。

「あんたの家って、農家なの？」

あたしが聞くと、ダニエルは「ちがうよ」と答えた。

「ていうか……ほんものの農家じゃない。農場は全部、人に貸してるんだ。親父《おやじ》はおもに、ＩＴコンサルタントの仕事をしてる。でも、いまはあんまり仕事してないかな。グレースが学校にいってるあいだ、メイジーの面倒《めんどう》を見てるから」

ふたりはあたしを、ヤギを見に連れてってくれた。ぼそぼそした草っ原にヤギが二匹《ひき》いて、そばにヤギ小屋があった。白いほうの名前がモーニングで、黒いほうがナイト。どっちにも、ふわふわのあごひげが、ちょっとだけはえてる。いいじゃん。

ブタの名前はポーク・スクラッチングス。ブタの皮を油であげたスナックとおんなじ名前。広くはないけど専用の囲いがあって、背の低いブタ小屋もある。囲いのなかは泥《どろ》がかきまわされて、ぐちゃぐちゃ。

「おーい、ブタ、ブタ」

よんでみたけど、ブタは小屋から出てこない。

「納屋《なや》を見にいこうぜ」と、ダニエルが言った。

納屋は暗くて、かびくさくて、わらのにおいがした。ロフトは干し草置き場で、はしごで上がるようになってる。ロフトの下には、いままでの里子の遊び道具がごちゃごちゃ置いてあった。サイズのちがう五台の自転車。キックボードが三台。スケートボードがふたつ。小さい子が乗る足こぎのトラクターがひとつ。ホッピングが一台。竹馬が何組か。一輪車が一台。ほんものの卓球台《たっきゅうだい》がひとつ。バットが何本かと、ボールが何個か。

「これって、だれでも使っていいの？」

あたしが聞くと、「もちろん」とダニエルは答えた。

あたしは、ホッピングと竹馬に乗ってみた。そのあいだ、ハリエットはキックボードで走りまわってた。ダニエルは一輪車でいったりきたりして、腕前《うでまえ》を見せつけてきた。

「あたしにもやらせて！」

あたしが頼《たの》むと、「いいよ」とダニエルは言った。

「けど、かなりむずかしいぜ、最初のうちは」

「平気」とあたしは答えたけど、平気じゃなかった。初めは乗ることもできなかったし、やっと乗れたと思ったら、すぐ落っこちてしまった。ダニエルが笑った。

「やめて！　笑わないで！」

あたしが怒《おこ》ると、ダニエルは「ごめん」と、あやまった。

「あのね、一輪車ってむずかしいのよ。練習しなきゃ乗れないの」

ハリエットが言った。まるで、あたしが八歳《さい》の子になぐさめてもらわなきゃいけないみたいに。

「こんなのバカみたい。負け犬の乗り物じゃん。それか、ピエロの。あたしがピエロだって言いたいわけ？」

あたしが言うと、ダニエルはソーシャルワーカーみたいな目で、あたしを見た。

「やめて！　あたしをそんな目で見ないで！　殺すよ！」

「落ちつけよ。ただ見てただけじゃないか」

「ちがう！」

あたしは、一輪車をガンッとけとばした。

「ふん、こんながらくた。まえの家には、もっとずっといいものがあったんだから」

「おい」

ダニエルが一輪車をつかんだ。

「八つ当たりすんなよ、できないからって」

ダニエルの表情は、あたしのまわりの人がみんな、少したつと見せる表情とおんなじだった。傷ついた顔。おどろいた顔。こわがってる顔のときもあるけど、ダニエルはこわがってるようには見えなかった。ちょっと怒《おこ》ってるみたいで、ちょっと「なんでそんなことするんだ？」とでも言いたげな顔。ダニエルとは会ってまだ十分くらいだけど、もうあたしのことをきらいになってる。

「やめてってば！」

あたしはどなった。

「いますぐやめて！　あたしのことは、ほっといて！」

ダニエルは何か言いかけたけど、あたしはダニエルにつばを吐《は》きかけて、走って逃《に》げた。ダニエルが追いかけてこようとするまえに。

「オリヴィア――」


ダニエルって、ほんとバカ。あたしに向かって、ソーシャルワーカーみたいな顔するなんて。あたしのこと知りもしないくせに。なんであんな目であたしを見れるの？　あの子は、あたしのきょうだいのはずでしょ。きょうだいなら、あたしのこと好きになるもんじゃないの？　なんであたしが、あの子に感じよくしなきゃいけないわけ？　あたしは里子なのよ。あっちがあたしに感じよくすべきでしょ。会って十分であたしのことをきらいになるなんて、まちがってる。けんかの原因は向こうにあるんだからね。あいつがあたしのこと、あんな目で見たりしたからよ。

気づくと、家の裏手までもどってた。そこは低い塀《へい》にかこまれた細長いテラスみたいになってて、塀のまんなかあたりが切れて、庭におりる階段になってた。

庭は細長くて、荒《あ》れほうだいだった。まるでジャングル。イギリスのジャングル。ひょろひょろのびた背の高い草とか、何かのしげみとか、ツタまみれの木とか。昔は芝生《しばふ》があったみたいだけど、一面に草がのびて、イラクサとかアザミとか、枯《か》れたような白っぽい雑草なんかにおおわれてる。あたしは、ぼうぼうの草のあいだから、石みたいなものがいくつものぞいてるのに気がついた。何かわからないけど、こわれたのをそのままにしてある感じ。よく見ると、まるくならんだ石積みのまんなかに石の水鉢《みずばち》があった。ひびわれから草がのびて、むらさきの花を咲《さ》かせてる。水鉢に水はなくて、何かひからびたようなものが転がってた。

すごい。

あたしは荒れた庭を、石みたいなもののほうへ進んでいった。それは噴水《ふんすい》だった。古くてかわいてるけど、ちゃんとした噴水。公園にあるようなやつ。噴水の向こうは石の庭みたいになってる。あたしはしばらくそこで、岩から岩へとびうつったり、くずれかけた塀によじのぼったりして遊んだ。あたしは、ほぼ庭の端《はし》までできていた。うしろには高い壁《かべ》と大きな木が一本あった。木の下は花《か》壇《だん》みたいになってるけど、花はひとつもない。きついにおいのもしゃもしゃした植物と雑草がはえてるだけ。そのあたりは薄暗《うすぐら》くて、ちょっと気味が悪かった。

あたしはそばに寄ってみた。

木の下はもっと暗い。地面から、植物と、ネコのおしっこと、何かべつのもののにおいがした。強くて、いやな感じのにおい。腕《うで》に鳥肌《とりはだ》が立った。あたしは急におそろしくなった。だれかに見られてる気がする。こわい。だって、どこから見てるんだか、ぜんぜんわからなかったから。まるで透明人間《とうめいにんげん》みたいに。あたしはぐるっとあたりを見まわし、自分がきたほうをふりかえった。だれもいない。でもたしかに、だれかいる気がする。においで、だれかがじっと見てるのがわかった。冷たい感じのだれかが、すぐ近くから。

「だれかいるの？」

返事はない。でも、さっきより強く視線を感じる。自分のことをきらってるだれかと同じ部屋にいるときみたいな感覚。だれか危険な相手と。おなかをすかせて理性をなくしたライオンとひとつの檻《おり》のなかにいる、ライオン使いみたいな気持ち。ライオンは、姿勢を低くして、とびかかる準備をしてる。たぶん、そんな感じ。ライオン使いなんか会ったことないけど、きっとこんな気持ちだと思う。

こわくてたまらない。だから、ひとりになるのはいやなんだ。こういう気持ちは、よく知ってる。フェアフィールズでだれかほかの子の部屋――だれか危険な相手、もし見つかったらひどい目にあわされるような相手の部屋にしのびこんだときの気持ちと似てる。あたしはゆっくり向きを変え、だれかがひそんでいそうな場所を見つけようとした。

そのとき、うしろで音がした。石がぼろぼろ落ちる音。土がくずれる音。あたしは、さっとふりかえった。だけど、そこにもだれもいなかった。

十五番目の家　フェアフィールズ少女の家

フェアフィールズには一年近くいた。あそこに入れられたとき、ああそうかって思った。あたしはついにやりすぎちゃって、どんなにあたしが悪い子かみんなにばれて、もうだれひとり、これ以上あたしにかかわりたくないと思ったんだなって。もうあたしに家族ができることはないし、リズとも一生会えない。ヘイリーとも、ママとも、あたしにやさしくしてくれた人たちのだれとも、二度と会えないんだなって。

それでもかまわなかった。それでもね。みんな大きらいだったから。だれもかも、大っきらいだった。

フェアフィールズは女の子だけの「子どもの家」で、入ってるのはだいたい、里親家庭から追いだされた子か、家出した子か、よその地域からやっかいばらいされて放りこまれた子たちだった。スタッフはみんな拘束《こうそく》のしかたの訓練を受けてるし、あばれたときに入れられる反省室もあった。

規則もたくさんあった。ドラッグとか、アルコールとか、男の子との交際とか、あたしがそれまで世話になった里親家庭が考えたこともないようなあれこれについての規則が。

あたしがそこに入れられた理由は、こう。

「現時点では、あなたを受けいれるのにふさわしいスキルを持った里親がいません」

つまり、こういうこと。

「おまえはモンスターだ。ふつうの人間におまえをコントロールすることはできない」

あたしがフェアフィールズに入れられたとき、そこには二十八人の女の子がいた。みんなめちゃくちゃな子で、里親家庭では暮らせなかった子ばかり。全員、あたしより年上。それに、みんなこわかった。お酒を飲んだり、ドラッグをやったりしてた子が、たくさんいた。家出して、路上で暮らしてたことのある子も、たくさんいた。ナイフを出して殺すとおどしてきた子もいる。もし自分の持ち物に近づいたら、あたしが寝《ね》てるときに部屋に入ってベッドに火をつけてやるって言った子も。あたしのものは、あそこにいたときにたくさんぬすまれた。そのなかには、まぬけのグレアムといらいらアナベルがくれたスニーカーみたいな、どうでもいいものもあった。あんなのちっちゃすぎて、どう見ても大きい子たちには、はけっこないのに。だけど、妹のヘイリーからもらった、ハートのかざりがついたネックレスみたいな、すごくすごく大切なものもあった。

フェアフィールズには、規則がほんとにいっぱいあった。お皿の上のものを全部食べるまではおかわりしちゃだめとか。ビーツみたいな気色悪いものを食べる気なんかぜったいなくて、だけどすごくおなかがすいててソーセージのおかわりをしたいときでも、だめなの。仕事のやりかたにもルールがあるし、宿題のやりかたにもルールがある。グループセラピーの時間には、みんなでまるくなってすわって、自分の気持ちを話さなきゃならないんだけど、それにも決まりがあった。だれかの顔をたたくことについても規則があって、向こうが先にたたいてきたときでも、向こうのほうが大きくても、こっちは自分を守るためにたたいただけだとしても、関係ないの。

ちょっといいところも、少しはあった。あそこには大きな庭があったし、自分の部屋が持てた。でも、ほかはだいたい、いやだった。大きい子たちがあたしにえらそうにするのが、いやだった。スタッフも好きじゃなかった。あそこの人は、すぐ新しい仕事を見つけてやめてく。やっとその人に慣れてきたと思ったらいなくなるのには、うんざりだった。活動の時間っていうバカみたいな時間も、きらいだった。スポーツとか、ダンボールを絵の具でぬって何か作るとか、お料理とか、そういうやつ。あたしが怒《おこ》ってたり、悲しんでたり、態度が悪かったりしても、だれもほんとうには気にしてくれないところも、いやだった。

ほかの家ではみんな、気にしてくれた。もうちょっとであたしを養子にしてくれそうだったいいらアナベルも、あたしにデブとかバカとか言われたら、気にした。リズは、あたしがスーパーでパニック発作を起こしたとき、気にしてくれた。最初に養子にしてくれたマミーとダディは、あたしが叫《さけ》んで、叫んで、叫びつづけたときに、気にしてくれた。でも、あそこでは気にしてくれる人なんていない。あたしはおおぜいいる子どものひとりで、スタッフは終業時間の十時になったら自分の家に帰る。家にはあの人たちのほんとうの子どもがいて、その子たちはみんないい子で、かしこくて、お父さんやお母さんが大好きなの。

フェアフィールズでは、自分が消えちゃうんじゃないかと、いつも心配だった。もしあたしが学校から帰ってこなかったり、ふっと消えてしまったりしたとして、だれかひとりでも気づいてくれる人がいるかどうかも、わからない。自分が少しずつ消えてってる気がして、しかたなかった。あたしは、ヴァイオレットと暮らしてたときによくやってたことを、するようになった。ヴァイオレットの家では、あたしの体はテレビの部屋とかにあるのに、頭はべつのところにふわふわ浮《う》いてる感じになったりした。自分の体の上に浮いてることもあったし、頭が体と同じ場所にあっても、何も感じなくなったりした。でも、上手にやらないといけない。失敗すると、ヴァイオレットの家で冷たいシャワーの下に立たされてるときや、ママに壁《かべ》にたたきつけられたり、腕《うで》にタバコの火を押《お》しつけられたりしてるときにもどっちゃうこともある。あたしには逃《に》げ場《ば》がない。ほんとうには逃げることができない。

フェアフィールズでは不安でたまらないことが何度もあった。夜に大きい子たちがあたしの部屋にいきなり入ってくるんじゃないか、あたしを枕《まくら》で窒息《ちっそく》させるんじゃないかと思って、びくびくしてた。わけもなく泣きだしてしまうことも、しょっちゅうだった。こわい夢もまた見るようになって、おねしょもするようになった。そういうこと、スタッフはだれも気にしてくれなかったけど、あたしはずっといやだった。

リズは三回くらい、会いにきてくれた。一回目のとき、あたしは叫《さけ》んで、叫んで、リズを部屋に入れなかった。二回目のとき、あたしはリズにリモコンを投げつけ、リズなんかオオカミ人間に食べられちゃえって言った。どっちのときも、リズはだまって背中を向け、帰ってった。でも、またやってきた。それで三回目のとき、あたしはリズを追いかえさなかった。

最初は、「あんたのこと、まだ大きらいだからね」と言った。「まだうそつきの負け犬だと思ってるから」って。

そしたらリズが立ちあがって出ていきそうになって、あたしは息がとまった気がして、死んじゃいそうな気がして、あたしの大好きな人はみんなあたしから去ってく気がした。

「待って――」

自分でも気づかないうちに、言葉が口から転がりでてた。リズは動きをとめた。

「こっちにいらっしゃい」とリズは言って、あたしをぎゅっと抱《だ》きしめた。初めはそれがうれしかったけど、すぐいやになって、あたしはリズから離《はな》れた。

リズはあたしを公園に連れてった。そのころには、あたしの持ち物はもう、たいして残ってなかった。ぬすまれたのもあるし、こわれたりこわされたりしたのもあるし、大きくなって合わなくなったり、置いてこなきゃならないものもあった。だけど、まぬけのグレアムといらいらアナベルが買ってくれたスケートボードは、まだあった。リズはスケボーのランプでたっぷり遊ばせてくれて、公園のカフェで、ケチャップをたっぷりそえたフライドポテトを買ってくれた。

「来週もくる?」

あたしが聞くと、リズはちょっと悲しそうな顔をした。

「そうしたいところなんだけど……いま預かってる子が、土曜日におじいさんおばあさんと会うことになってて、そのつきそいをしなきゃならないの」

いま、リズの家には新しい子がいる。あたしよりその子のほうが好きなんだ。べつの子があたしの部屋のあたしのベッドで寝《ね》て、あの自転車に乗ったり、トランポリンやテレビゲームで遊んだり、リズのバナナカスタードを食べたりしてるんだ。あたしはリズが里子として預かってきた何百人もの子どものことを考え、リズにとくべつ気に入られてると思ってた自分がバカみたいに思えた。

リズなんかきらい。大っきらい。あたしはだまされた気がした。リズに好かれてると思いこまされてた。ほんとはあたしもほかの子たちと同じ、ただの里子でしかないのに。

いつもはもっとふきげん

あたしは、家にもどったらジムに叱《しか》られると思ってた。それがすごくこわかったけど、どうなるか知りたくもあった。ジムがどんなタイプの父親になるのか、知りたかった。

まずい。

ジムはキッチンで洗い物をしてた。あたしが入ってくと、ジムがふりむいた。

あたしは、ジムが口をひらくまえに、一気にまくしたてた。

「何してるの？　洗い物？　てつだおうか？　洗い物は好きなの。すっごく上手なんだよ。それとも、洗ったもの、ふこうか？　それか、しまうのをてつだったほうがいい？」

「落ちついて」

ジムはにっこりした。

「どこへいってたんだい？　みんな、きみが逃《に》げだしたかと思ったんだよ」

「散歩してた。ねえ、てつだっていい？」

「いいよ。でも、いまじゃない。いましてほしいのは、子ども同士おたがいを知ることだ。グレースのとこへいって、あいさつしてきたらどう？」

その言いかたはべつにいやな感じじゃなかった。ジムは、ほほえんでた。それでも、自分が歓迎《かんげい》されてると確信できるほどじゃなかった。

ジムはあたしの肩《かた》に手を置いて、リビングに連れてった。赤ちゃんのいるグレースって大きい女の子は、まだそこにいた。赤ちゃんのメイジーはひざの上で眠《ねむ》ってて、グレースは、手に分厚い本を持って読んでる。

あたしは近づいて、グレースの正面に立った。グレースは無視した。

「さあ、オリヴィア」

ジムが言った。そして、「グレース、ちょっとのあいだ、オリヴィアのほうを向いてやってくれるかな」と言うと、いってしまった。

グレースは目を上げない。文句さえ言わない。

あたしには文句を言う価値もないってわけ？

あたしは、グレースが何か言うのを待った。けど、何も言わない。あたしは無視されるのが大きらい。何よりいちばんきらい。

「赤ちゃんと遊んでいい？」

あたしは聞いてみた。

「だめ」と、グレースは答えた。「寝《ね》てるから」

「起こしたげるよ。あたし、赤ちゃんの相手はすごく上手なんだよ。あたしには赤ちゃんの弟がいたの。ミルクもあげられるし、泣きやませることもできるし、なんだってできる」

グレースは不愉快《ふゆかい》そうな声をもらして、本のページをめくった。あたしはグレースに近づいた。

「何読んでるの？　おもしろい？　あたし、本は何百冊って読んだよ。まえのパパとママといっしょに住んでたとき、たくさん買ってもらったんだ。『ほんとうにこわいイギリスの歴史』とか『あくたれヘンリー』のシリーズも全部持ってたし、『ハリー・ポッター』も全部持ってた。あなたが読んでる本も、きっとあたし、もう読んだと思うよ」

それはちょっと、うそ。本を持ってたってのはほんとだけど、読んでない。たいていは、びりび
り破いてた。そのときのママだったいらいらアナベルへのいやがらせで。アナベルとそのときのパパは、あたしに本を買うためにいっぱいお金を使ってたから、あたしがそれをびりびりに破くと、アナベルはものすごくいらついてた。

グレースが本を少しかたむけ、表紙が見えた。

「『オリヴァー・ツイスト』？　それって、映画じゃないの？」

グレースが本をおろした。やった！

「あんた、わざとバカなふりしてんの？」

グレースが言った。あたしは、にっと笑った。

「あたしが？　そんな分厚くてバカみたいでたいくつな昔の本読んでるのは、そっちでしょ。いったいなんで、そんなことしてんの？」

「それはね」

「それは？」

「好きだからよ。それに、特進クラスの生徒はこれを読んどく必要があるから。あたしは特進クラスでオールAをとらなきゃならないし、たぶんAプラスをとらなきゃならないの。大学に入って、この先、あんたみたいなおかしな子と話をしなくてすむようにね」

グレースはぐいっと顔のまえに本を持ちあげて、ページをめくった。ものすごくわざとらしく。

「赤ちゃんも大学にいけるの？」

「ああもう！」

グレースは、腹立たしげに本をおろした。

「いけるわよ。あたりまえでしょ！　うんちやよだれのテストなら満点とれるわ！」

あたしはクスクス笑った。グレースがあたしをおそろしい目でにらんだ。

「あんたって、いつもこんなにうっとうしいの？」

グレースが聞くから、あたしも聞きかえした。

「あんたはいつも、そんなにぶすっとしてんの？」

するとグレースは言った。

「まさか。いつもはもっとふきげんよ」

夜

寝《ね》る時間は、きっちり決まってる家もあれば、そうでない家もある。ジムの家では決まってた。メイジーが最初に寝て、次がハリエットで、次がダニエルとあたし。グレースは寝る時間が決まってるのか決まってないのかわからないけど、たぶん決まってないんだと思う。だって、もうおとなに近いんだから。

あたしは寝にいくのはいやだったけど、とにかくそうした。きたばかりの家では、言うことを聞いとくのがだいたい正解。その家の人がじつはこわい人だったりするかもしれないから。でも、ジムがあたしの部屋を出ていこうとしたとき、急にものすごく不安になった。初めての家の、初めての夜はきらい。だれかが入ってきて、あたしに何かするかもしれない。もしあたしが里親なら、子ども部屋全部にかぎをつけてあげる。そしたら、だれも入ってこれないから。でも、かぎをつけてもらえたことなんか、一度もない。

「じゃ、おやすみ」

ジムはそう言って、出ていった。

あたしはまっ暗な部屋で横になったまま、ろうかで鳴るギィ、ギィ、ギィ、というジムの足音を聞いてた。ジムが下におりたとわかったとたん、あたしはベッドを出て、また電気をつけた。

ベッドであおむけになって、耳をすます。聞こえたのは、こんな音。

キッチンのラジオから流れる「ミラクル」ってタイトルの、陽気な歌。

ジムがグレースと、あたしのことを話す声。

壁《かべ》が、ミシ、ミシ、ミシ、ときしむ音。

ハリエットが寝《ね》がえりをうつ音。

家のまわりをふく風が、なかに入ってこようとする音。

下からふきあげる風が、木の葉をザーッとゆらす音。

犬が吠《ほ》える声。

フクロウが、ホー、ホーと、どこか闇《やみ》のなかで鳴く声。

何か――たぶんネズミ――が壁をひっかく音。

虫がとなりの部屋の窓ガラスに何度もぶつかる羽音。

何かべつのものがコツ、コツ、コツと、あたしの部屋の窓を小さくたたく音。

ギィッと鳴ったのは、だれかが二階に上がってくる音？　ちがう。ジムがキッチンのドアをしめただけ。
あたしには特殊《とくしゅ》な力がある。おぼえてないくらい昔から、その力を持ってる。あたしは、音やにおいを感じる力がとてつもなく強い。あたしには、ほかの人に聞こえない音が聞こえる。ちっちゃな物音、何かをひっかく音、何かがきしむ音、ささやき声。里親夫婦が、もうあたしの面倒《めんどう》は見きれないと話す声。下の階でほかの子たちがあたしの持ち物をがさごそあさって何かぬすむのも聞こえるし、ママがアパートの向こうの端《はし》でお酒の缶《かん》をあける音もわかる。立ちかたを見ただけで、その人があたしをどう思ってるかわかる。セラピストのヘレンは、そんなのはほんとの特殊能力《とくしゅのうりょく》じゃないと言った。あたしにそんなことができるのは、あたしが小さいときに経験した悪いできごとのせいだって言う。あたしの体が、傷つけられることをおそれるあまり、すべてに、しかもつねに、注意をはりめぐらしてるからだって。ほかの人がそこまで警戒《けいかい》するのは、どこかこわい場所にいったときだけだけど、あたしはいつもそうしてる、それは、あたしが小さくてまだママと暮らしてたときに、いつもびくびくしてたからだって。

それから、これはあたしがベッドの上で感じたにおい。
少しあいた窓から流れこんでくる冷たい空気。
部屋の床《ゆか》の、塗装《とそう》してない木の板とほこりのにおい。
あたしの頭からにおってくるフェアフィールズのシャンプーのにおい。

やわらかい、かわいた髪《かみ》のにおい。

清潔なシーツのにおい。

ダニエルのネコ、ジグザクの毛のにおい。

外のツタのぬれた葉のにおい。

タンスの引き出しにしいた紙からする、ラベンダーのにおい。

階段をつたってただよってくる、夕食のトマトと玉ネギとマッシュルームのにおい。

どれもなじみのないにおいだった。どれも安心できない。むしろすごく危険な感じがするものもある。窓をたたくあの音も。木の枝かなんかだってわかってはいるけど、すごくこわい。それでもじっと横になって、なんとか寝《ね》ようとして、ちょっとうつらうつらしかけたとき、またその音が聞こえた。

コツ、コツ、コツ。

あたしはぎくっとして目をあけ、体をかたくした。いまのは何？　そうだ。木だった。あたしは横になったまま、その音がまた聞こえるのを待った。ほんとにただの木の枝？　ほかの音だったらどうする？　だれかが指でつついてるとしたら？　だれかすごく背の高い人とか、はしごに乗った人とか。そんなことありえないのはわかってる。でも、こわい気持ちはおさまらない。窓をあけたまま寝るのはきらい。だって、何が入ってくるかわからないから。いつも、それが不安。しめにいきたいけど、窓をたたいてるものがこわくて、しめにいけない。

ヴァイオレットと暮らしてたとき、いっしょの部屋を使ってた子が、何度も夜にあたしの顔に枕《まくら》を押《お》しつけてきた。

「いつもえらそうにしてるけど、どんな気分？」

その子はそう言って、あたしが息ができなくてじたばたしてるあいだ、枕をぎゅうっと押しつけてた。そんなに長い時間じゃなかったけど、その気になれば、やるかもしれない。怒《おこ》ったり、どうかして正気じゃなくなったりしてたら、いつかほんとに殺されるかもしれない。あたしがいっしょに暮らしたなかには、そういう子がいっぱいいた。グレースも、そういうタイプかもしれない。

それと、ジム。ジムのことはよく知らないし、信用できない。アイヴィー家での最初の夜、あたしはぜんぜん眠《ねむ》れなかった。

さびしくならずにすむ方法

次の日は、学校があった。

いままでたくさんの学校にいった。大きい学校。小さい学校。音楽や、ダンスや、劇や、サッカーをする学校。何週間も登校しなくても気づきもしない学校。女の人がずっとあたしについてきて、つづりのまちがいを直したり、おぎょうぎよくしろと言ったりする学校にも、英語をしゃべれる子がほとんどいない学校にもいった。あたしのことをみんなしてこわがる学校もあったし、あたしのほうがみんなをこわがってた学校もあった。

ここの学校は悪くなかった。新しい学校ってのは、新しい家よりわかりやすい。学校によってルールが変わるだけ。今度の学校はトルフォードの町にあった。つまらない、ちっちゃな町。通りは石だたみで、みやげものを売る店がいくつもある。グレースも学校にいく。大学にいくための勉強をする学校で、そこに通うタクシー代が社会福祉《しゃかいふくし》から出てる。メイジーはジムとお留守番。書斎《しょさい》にベビーサークルを置いて、仕事しながらメイジーを遊ばせておけるようにしてるけど、ジムがじっさいどれくらい仕事してるかはわからない。赤ちゃんって、いっぱい遊んだげなきゃいけないから。

あたしのクラスの子はだれも、あたしを好きじゃなかった。断言できる。おとなのなかには、あたしを気に入ってる人もいた（まだあたしのこと、よく知らないから）。ダニエルも同じ学校だけど、クラスがちがった。六年生がふたクラスある学校は初めてだ。ハリエットは三学年下。でも、ふたりとも、休み時間にあたしに声をかけてはこなかった。そうだろうと思ってた。それぞれ自分の友だちがいるんだから。ダニエルは校庭に出ると、男の子たちとサッカーを始めた。

べつにかまわない。あたしもそこにいって、仲間に入った。二、三回、いい球をけったとこで、ストップがかかった。

ひとりの子が言う。

「何やってんだよ。入っていいなんて、だれも言ってないだろ？」

「だって、ゲームのとちゅうだったじゃない」

あたしが言うと、べつの子が言った。

「どっちのチームでもないくせに」

すごく怒《おこ》ってるみたいだ。

「あたしは、あたしのきょうだいと同じチームなの」

その言葉にみんな、わけがわからないって顔をした。

「きょうだいなんか、いないだろ」

「いるよ。ダニエルがあたしのきょうだいなんだから」

みんながダニエルを見て、ダニエルは顔を赤らめた。

「あー……そう、きょうだいっていうか、きょうだいみたいっていうか……」

あたしがにらみつけてるのに気づいて、ダニエルは言いなおした。

「だから、そう、きょうだいなんだ。頼《たの》む、入れてやって。転入生なんだ」

というわけで、あたしはサッカーに入れてもらえた。

「なんで自分の友だちと遊ばないんだよ？」

学校からの帰り道、ダニエルが聞いてきた。

「クラスに女子がいるだろ？　なんで、あいつらと遊ばないんだ？」

だって、うちのクラスの女子はみんな、負け犬だから。それに、あの子たちにはもう、それぞれ友だちがいる。ダニエルがサッカーに入れてくれなかったら、あたしは遊ぶ人がいない。

「あんた、あたしの友だちでしょ？」

あたしが言うと、ダニエルは「たぶんね」と答えた。

だけど、あんまり自信なさそうだった。

だれもあたしのことを好きにならない。たいてい、会ってすぐは好きになってくれるけど、あたしのことがわかってくると、もう好きじゃなくなる。とにかく、おとなはみんなそう。子どもでも、あたしのことぜったい好きにならない子はいっぱいいる。だから、わざわざ友だちを作ろうって気にはならない。すぐ捨てられるのに、そんなことして意味ある？　もし奇跡的《きせきてき》に捨てられなかったとしても、たいていすぐお別れしなきゃならない。あたしはいつだって、ひとつの場所にいられない。もう慣れっこだと思うかもしれないけど、ちがう。そのたびにいつものことだって思おうとするけど、やっぱり平気じゃない。

実際問題としてあたしがしなきゃならないのは、だれのこともわざわざ好きにならないようにすることなんだけど、だれも好きにならないってのはむずかしい。だって、さびしいから。しかも、パパもママもいないとしたら、ものすごくさびしい。それって、自分にはだれもいないってことだから。だれもいないってのは、この世でいちばん最悪な気分だから。だれもいないなら、死んだほうがましだと思う。だから、新しく知りあった人にはいつも、あたしのこと好きになってもらえるようがんばる。そしたら少しのあいだでも、あたしにはその人がいるってことだから。それは、ぜんぜんだれもいないよりいいから。だけど、だれかをあんまり好きになりすぎないようにもしてる。だれかを好きになっちゃうと、最後がつらくなる――どこかべつの場所にいかなきゃならなくなったときに。

ダニエルのことがわかってくると、どんどん好きになっていった。そうしたくないのに、どうにもならない。最初に会ったとき、ダニエルはいい子ちゃんすぎてたいくつなやつかと思った。ハリエットはちょっとそんな感じだけど、ダニエルはちがう。あの家での最初の週、あたしたちは、庭でいっしょに自転車に乗って遊んだ。ダニエルとあたしは、おたがい自分のわざを自慢《じまん》しあった。ウィリーとか、スピンとか、ジャンプとか、木箱に自転車をぶつけて中身をとびださせるとか。

「フェアフィールズに、ガレージの屋根から自転車でとびおりた子がいたの」

あたしが言うと、ダニエルは「その子、死んだ?」と、期待してるみたいに聞いた。

「死んでないよ! すくなくとも、あたしはそう思う。ただ、あたしがあそこにいくまえの話だから」

「その子、ほんとはやってないんじゃないか? 自転車で屋根からとびおりたら、死んじゃうだろ」

「死なないよ! うまくタイヤで着地すれば、だいじょうぶだよ」

「タイヤで着地なんて、できっこないね」

「あたしにはできる」

そうなると、当然やってみせるしかない。

ほんとは納屋《なや》の屋根からとびおりたかったんだけど、はしごで自転車を屋根まで持ってくのは、ダニエルに下からささえてもらっても、ものすごくたいへんだということがわかった。けっきょく、干し草置き場のロフトまで、なんとか自転車をひきずりあげた。あそこを干し草置き場ってよぶのはちょっとおかしいと思う。だって、ジムの土地を借りて牧草を育ててる人は、干し草を夏の終わりごろにこの納屋《なや》に持ってくるらしいけど、それをロフトには上げないで、卓球台《たっきゅうだい》や自転車が置いてある場所のわきに積んでるんだから。

「本気じゃないでしょ？」と、ハリエットが聞いた。

ハリエットはあんまり度胸がない。けど、そこで見ててあたしに感心してくれたらいい。だって、だれも見て感心してくれないんだとしたら、干し草置き場のロフトから自転車でとびおりる意味ある？

「本気に決まってるじゃん」

不安はなかった。だれかに何かされるのはこわいけど、自分で自分に何かするのは、こわくない。うんと高い木にのぼるのも、自転車に乗って猛《もう》スピードで坂をおりるのも、フェアフィールズの屋根のてっぺんを端《はし》から端まで歩くのも。そういうことは全部へっちゃらだった。七歳《さい》のとき、木から落ちて腕《うで》の骨を折ったけど、あたしは泣きもしなかった。

計画では、空中で一回転してタイヤで着地するつもりだった。けど、思ったようにはいかなかった。ロフトからとびだすとき、あたしは前輪をぐっとあげた。そうしたら高くとべると思ったから——ジャンプするときみたいに。だけど、そのまま下に落ちて、しかも思ったよりずっと早く落下した。回転する間も何もなかった。とびだして二秒もたたないうちに、もう地面についてた。

ハリエットが悲鳴をあげた。

「オリヴィア！　死んじゃったの？　ほんとに死んじゃった？」

「死ぬわけないでしょ」と、あたしは言った。そう、死んでない。ただ、ジーンズに大きな穴があいて、ジャケットのそでがけっこう広範囲《こうはんい》にずたずたになった。腕《うで》と脚《あし》からは血が出てる。それで、ハリエットが大騒《おおさわ》ぎしたわけ。血を見たから。あたしは悲鳴なんかあげなかった。

「痛くないのか？」って、ダニエルが聞いた。

痛くなかった。そんなにはね。これもあたしの特殊能力《とくしゅのうりょく》なんだけど、痛みはあんまり感じない。熱さとか、寒さとか、空腹とかも。あたしは、そういうことをふつうの人みたいには感じないの。痛みを感じないわけじゃないけど、たとえば腕がもげちゃったとかでないと、痛いのに気づかないんじゃないかな。バカなセラピストのヘレンは、それもあたしが小さいときに何度も痛い目にあったせいだって言う。ヘレンはこの力をよくないものだと思ってる。あたしが寒い日にしょっちゅうコートを着るのを忘れたり、どこかけがしても気づかなかったりするから。でも、この能力をくだらないっていうのは、自分も一週間ほど「子どもの家」で暮らしてみてからにしてほしい。

ロフトから自転車でとびおりたこと、ジムに怒《おこ》られるかと思ったけど、怒られなかった。

ジムは言った。

「自分の腕だろ？　まったくいかれてるな」

その言いかたを、あたしは気に入った。リズが言いそうな感じ。病院にいかなきゃだめかと思ったけど、ジムは腕と脚の傷口から砂つぶを洗いながして、大きなばんそうこうをペタペタ貼《は》って、終わりだった。

「おまえって、ほんといかれてる」

ダニエルも言ったけど、あたしにはわかる。ダニエルは、それを気に入ってくれてる。ほんのちょっとだけど。

「次は家の屋根からとぶからね」と、あたしは言った。

十四番目の家　サラとトニー

フェアフィールズのまえは、サラとトニーって人たちのとこにいた。あたしがその家にいったのは、リズがあたしとはいっしょに暮らせなくなったって言ったあとのことだ。

どうしてそうなるのか、最初は理解できなかった。

「なんでいかなきゃならないの？　ずっとすごくいい子にしてたのに」

いつもなら、あたしがべつの家にうつされるのは、あたしが悪い子だったせいだ。でも、リズの家では、あたしはほんとに、ほんとに、いい子にしてた。リズのこと、すてきだと思ってたし、リズもあたしのことが好きなんだと思ってた。

バカみたい。

「オリヴィア」

リズはあたしの横にひざをついて、あたしの目をのぞきこんだ。

「聞いて。あなたといっしょにいられて、ほんとに楽しかった。それはわかってるでしょ。でも、ここは一時預かりの場所なの。ここで暮らせるのは一年半と決まってて、そのあとはべつの家庭を見つけてあげることになってるの」

「でも、なんで？」

あたしには、まだわからなかった。あたしはリズと暮らしたかったし、リズはあたしといっしょにいられてほんとに楽しかったって言ってくれて、そんな人、もう何年もだれもいなかったから。そこが一時預かりの場所だってことは知ってたけど、でも、リズがほんとにあたしのことを好きで、リズが言ったとおり、ほんとにそう思ってくれてるなら、そんなこと関係ないんじゃない？ほんとの母親なら、あたしをずっとそばに置いときたいって思うんじゃないの？

「オリヴィア、これがわたしの仕事なの。若い人たちの面倒《めんどう》を見ながら、その子たちが家庭のなかでうまくやっていけるように手助けするのが、わたしの役目。その期間が終われば、わたしが預かってた子どもたちは、この家を出て、どこか新しい家族と暮らせるようになる。もし、ここにくる子みんなをずっと置いておこうと思ったら、ホグワーツみたいに大きなお屋敷《やしき》が必要だわ」

リズはあたしを笑わせようとしたけど、失敗だった。

「あたしのことが好きなのは、お金がもらえるからなんだ。リズの大うそつき！　リズなんか大きらい！」

「あなたがわたしと暮らすことになったのは、それがわたしの仕事だからよ。だけど、だからあなたが好きなんじゃないわ。あなたが好きだから、好きなの。あなたの新しい家族もあなたを好きになってくれたらいいと願ってるし、今度は、おとなになるまでそこにいることができるのよ」

リズはきたない大うそつきだ。あたしをずっと置いてくれる家なんかない。デブで、まぬけで、ブスで、憎《にく》たらしい、最低の、大うそつきだ。

「そいつら、みんな殺してやる！　どこに放りこんでも、同じだからね！　そこんちのやつら、みんな目玉をくりぬいて、ヒキガエルのえさにしてやる。そのうちのものを全部こわして、ばらばらの粉々にしてやる！」

「うーん」

リズが言った。リズは、自分の気に入らないことをあたしが言うと、いつもそんな声を出す。あたしがもっと感じいいことを言うまで、あたしの声が聞こえないふりをする。

「リズも殺す！」

あたしは、リズのおなかを思いっきりパンチした。

「オリヴィア、自分の部屋にいきなさい」

リズが言った。

「いやだ！」

あたしはまたパンチした。リズはおなかをおさえて体を折り、あたしは急にこわくなった。リズはすごく強いと思ってた。何からでもあたしを守ることができると思ってた。なのに、あたしがパンチしただけで、それをどうにもできないでいる。

　リズは部屋を出て社会福祉部《しゃかいふくしぶ》に電話をかけ、次の日、あたしはあの家を出ることになった。

　そのあとにいっしょに暮らすことになった人たちを、あたしは憎《にく》むつもりでいた。それが、サラとトニー。あたしの部屋は、吐き気《はけ》のするようなピンク色だった。その家にはほかにも里子がいて、それが大きい男の子たちで、あたしはその子たちがこわかった。

　その家についた最初の晩、サラがついだパスタのソースがいかにもまずそうで、食べたくないって言ったら、「いいわよ、そのぶん、わたしたちがいただくから」って言われた。リズがいつも言ってたのと同じ言葉。あたしは頭にきて、水の入ったコップをサラに投げつけた。

「やめなさい！」とサラは言って、あたしをバスルームにとじこめた。あたしは、かんかんになった。サラとトニーがリズじゃないのも頭にきたし、リズがもうあたしと暮らしたくなったことにも腹が立ったし、リズがずっといっしょにいたいと思えるような子になれなかった自分にも腹が立った。

　あたしはドアをけって大きな穴をあけ、壁《かべ》のキャビネットのガラスとびらを、ひじで割った。ガラスの破片《はへん》が、床一面《ゆか》にとびちった。あたしはそれをひとつ拾って、自分の腕《うで》を刺《さ》した。何度も、何度も、何度も、血が出て床に流れおちるまで。ただもう、そのときの気持ちとちがうものを感じたかったから。

そのあと、サラはもうあたしの面倒《めんどう》は見たくないと言って、それであたしは、フェアフィールズに送られることになった。

金曜にあたしに起こったふたつのこと

あたしがアイヴィー家にきて最初の金曜日、ふたつのことが起こった。

ひとつ目は、リズからの電話。

「もしもし、オリヴィア。そっちはどう？」

「いいよ。すっごくうまくいってる。あのね、じつはいま、すっごくいそがしくてさ、ほんといそがしいから、もうあっちいって、それやらないと。じゃあね！」

「何をやってるの？」

リズが聞いた。笑いそうになってるのが電話の向こうから伝わってきて、腹が立つけど、同時に、なんかうれしくって、だってリズはあたしのことよくわかってて、あたしがリズと話したくないふりをしても、それで怒《おこ》ったりしなかったから。

「新しい自転車で遊んでるんだ。それと、新しいスケボーと、新しい一輪車で。一輪車の乗りかたはダニエルが教えてくれて、もうあたし、ダニエルよりうまく乗れるくらいになって、乗ったまんまジャグリングもできるんだよ。たまにボール落とすこともあるけど」

そこんとこは事実ではないんだけど、リズにはわからないはず。

「じゃあ、ダニエルとはうまくやれてるのね？」

「うん、ばっちり。あたしたち、親友だよ」

「わたしもダニエルは好きよ」とリズが言うのを聞いて、あたしは胃がきゅっとなった。だれだって、感じのいい子のほうが、あたしより好きだよね。

「明日の準備はできてる？」と、リズが言った。リズはあたしに会いにくることになってた。あたしは、自分がリズに会いたいかどうかわからなかった。リズがあたしよりダニエルのほうが好きなら、会いたくない。

「どうかな。じつはね、明日は一輪車のわざを練習することにしてて、だから、すごくいそがしいと思う」

「それは残念ね。がんばって時間作って、あなたに会いにいけるようにしたのになあ」

あたしはあわてた。

「ほんとにそのために時間作ったの？」

「そうよ、ほんとよ」

リズが答えた。

沈黙《ちんもく》。

「でも、かわりに『ドクター・フー』の集まりにいこうかしらね」

リズは、テレビドラマの「ドクター・フー」シリーズの大ファンだ。ドラマに出てくる地球外生命体、ダーレクたちの写真をキッチンに貼《は》りまくってるし、次元超越時空移動装置《じげんちょうえつじくういどうそうち》ターディスに似た形のエアフレッシュナーを持ってて、それを時空間でくるくるまわすと、いいにおいが広がるの。ガレージには悪役サイバーマンのコスチュームがしまってあって、大きなイベントにいくときはいつも、それを着てく。

「べつにいいけど」と、あたしは言った。

「じゃ、十一時半に会いましょう。それでいい？」

「うーん、十一時半じゃないほうがいいな。一時半にして。明日の午前中は、やらなきゃいけない大事なことが、いっぱいあるの」

リズは笑った。その声を聞くと、胸がぎゅっとなった。

「わかったわ。一時半ね」と、リズは言った。

それからもうひとつ、こんなことがあった。

あの気味の悪い使用人用の階段をおりてたら、聞こえたの。赤ちゃんの泣き声。上の階のどこから、泣きつづけてる声が。

その声にぞくっとした。赤ちゃんの泣き声はきらい。昔からそうだった。それに、その赤ちゃんの声はすごくさびしそうで、悲しそうだった。だれにも愛されてない、だれにも面倒《めんどう》見てもらってない赤ちゃんみたいな声。それって、ものすごくこわかった。だって、その声はメイジーのはずだから、そしてもし、メイジーがあんなふうに泣くのをジムが聞いてて、なのに何もしてやらないんだとしたら、ジムは見かけほどいい人じゃないってことになるから。

階段で立ちどまり、赤ちゃんの声に耳をすましてるうちに、どんどん、どんどん、こわくなってきた。でも、いつまでもそこにじっとしてるわけにもいかないから、動くことにして、下におりていった。

グレースはリビングにいて、このあいだとはまたべつの、分厚くて、つまらなそうな本を読んでた。メイジーは床《ゆか》にいて、木のつみきで遊んでる。ぜんぜん泣いてない。メイジーは笑ってた。

それがわかって、あたしはますますこわくなった。

メイジーの泣き声じゃないとしたら、あれはだれ?

何かをこわがってるときは、いろいろうまくいかなくなる。だいたいはいらいらしてきて、そのときもすごくいらいらした。

ダイニングに入ると、ジムが暖炉《だんろ》のそばでジグザグをひざにのせて、手紙を読みながらすわってた。

「赤ちゃんが泣いてる」

　あたしが言うと、ジムはちょっとびっくりした顔をした。

「メイジーが？　泣いてる？　何も聞こえないよ」

「ちがう。メイジーじゃない。ほかの赤ちゃん。ここにはいない子」

「へえ……そうか。ならよかった。ほんとの赤ちゃんが泣いてたらいやだからね」

　そう言って、ジムは笑った。あたしがバカなことを言ってると思ってるんだ。

「おもしろくなんかない！」

　あたしは大声をあげた。

「笑わないで！」

　そして、ジムの手から手紙をとりあげ、ビリッと破いた。自分が悪いんだからね。あたしの大事なものを、ごみくずあつかいしたんだから。あたしにおんなじことされたって、当然のむくいなんだから。

　でも、ジムはそうは思わなかった。罰《ばつ》として、あたしに洗い物をひとりでするよう命令した。みんな、なんでもあたしのせいにする。

セラピー

フェアフィールズにいるとき、セラピーを受けた。あれは時間の無駄《むだ》だった。セラピストはバカな女で、ヘレンって名前だけど、ずっとあたしに「そのときどんな気持ちだった？」とか「どうしてそんなことをしたの？」とか、聞いてくる。

あたしはそれをゲームだと思うことにした。かわいらしい、よい子のみなしごのふりをして、目をぱちぱちさせて、ほかの子たちにいじわるされてすごく悲しいって、言ってやった。それから、ほかの子にされたいじわるとか、あそこのスタッフにされたいじわるをぜーんぶ話して、そしたらあたしを解放してくれるかなって期待した。

だけど、ヘレンはものすごくバカで、そのあともあたしにバカな質問ばかりしてきた。リズのこととか、まえにあたしを養子にしたいらいらアナベルとまぬけのグレアムのこととか、あたしが話したくないとはっきり言ったこととかについて。

「リズと暮らせなくなったことは、どう感じてる？」

あたしは肩《かた》をすくめて、「べつに」と答えた。

「ほんとに？　じゃあ、そのことをリズから聞いたときは、どう思った？」

あたしはまた肩をすくめて、「そんときも、べつに」と言った。

ヘレンはすわったまま、あたしが何か話すのをじっと待ってるときもあった。それは、もっといやだった。あたしはよく話をでっちあげた。幽霊《ゆうれい》がこわいとか、ベッドの下にモンスターがいるとか、そういうくだらないこと。あたしはヘレンとけんかもした。

「デブでぶさいくのくせに、なんであたしにお説教すんの？　あたしのあらさがしするまえに、ダイエットするとか整形するとかしたらどうなの？」

ヘレンの言うことになんでもちがうって言ってやるのも、気分よかった。

「ずいぶん怒《おこ》ってるみたいね」

「怒ってなんかない」

「じゃあ、どういう気分？」

「ふつう」

「あなたはいま、何を望んでるの？」

「ドーナツ。ジャムドーナツ。あと、レーザー殺人光線」

「そんなふうにしてると安心できる？」

「レーザー殺人光線ほどじゃないけどね」

それでも、ヘレンはだまろうとしない。

ほんとにあたしの力になりたいっていうなら、せめてドーナツくらい持ってくればいいのに。


アイヴィー家で暮らすようになったら、もうセラピーを受けなくていいと思ってたのに、そううまくはいかなかった。どっかのいかれたやつが、わざわざタクシー代を出して、毎週月曜の放課後にあたしをセラピーにいかせることにした。

「あんなの、意味ないのに！」

リズからその話を聞いたとき、あたしは泣き声をあげた。

「そりゃ、意味ないわよ、あなたがちゃんとしないんなら！　よく考えて。ヘレンは力になってくれようとしてるのに、すわってにらみつけてるだけって、どういうつもり？　とにかくやってみなさい。始めてもないことを終わりにはできないわよ」

これも意味わかんないおとなの論理のひとつ。なんの役にも立たないことを、だったら役に立つまでやんなさいなんて。ほんとにあたしに幸せになってほしいなら、ほかにできることは山ほどあるでしょ。まずはドーナツからってとこだけど、レーザー光線でもぜんぜんオッケー。

階段の女

土曜日、リズがあたしに会いにきた。それをどう感じてるか、自分でもわからなかった。リズのことは好きだけど、あたしはまだ怒《おこ》ってる。

でも、リズの顔を見たら、すごくうれしくなった。まえとぜんぜん変わってない。ちっちゃくて、赤い靴《くつ》をはいてて、黒いくるくるした髪《かみ》が白髪《しらが》になりかかってて、まるい顔はいつも笑ってる。リズは、あたしが知ってる人のなかで、いちばんってくらい明るい。リズにずっと怒ってるなんて不可能に近いし、そのことはよくわかってた。いっしょに住んでるとき、いくらそうしようとしてもできなかったから。

リズはあたしの体に腕《うで》をまわして、ぎゅーっと抱《だ》きしめた。

「元気だった？」

その「元気だった？」ってやつが、あたしはいつも苦手。だから、「ふつう」って、小さい声で答えた。あたしの話はもうしたくない。だから、こう言った。

「ジムがアヒル飼ってるの、知ってる？　六羽いて、みんな名前があるんだよ。ダニエルとハリエットがつけたんだけど、全部ふたりでつけちゃうのはずるいって言ったら、ハリエットがあたしにも二羽、名前つけさせてくれたんだ。ねえ、きて。見せてあげ――」

あたしはリズの腕《うで》をつかんで、ひっぱっていこうとした。

「待って！」

リズは、腕をひきもどした。

「人にものを頼《たの》むときは、どうするんだった？」

「あーもう！」

リズはルールにうるさい。

「いつかあたしがおぼれかけたとしてさ、あたしが『助けて！　助けて！』って叫《さけ》んでたとしても、リズは『それは人にものを頼むときの態度じゃありません』とか言うだけで、そんなことしてるうちにあたしはおぼれ死んで――」

「はいはい、わたしは心の冷たい人間です。だからあなた、ちゃんとした頼みかたを練習したほうがいいわよ。でなきゃ、お魚さんたちのえさになっちゃうわよ」

「ふーん。じゃ、リズは平気なんだ。あたしがおぼれ死んだらさぞうれしいでしょうね、こうやって会いにこなくてもよくなるんだから」

「なるほど。あなたもつらいわねえ、あなたのことがこんなに大好きな、いやーなおばちゃんがいるなんてねえ」

「あたしのことなんか好きじゃないくせに！　ぜんぜん好きじゃないくせに！」

「ばれたか」

リズはそう言うと、あたしをつかまえ、くすぐりはじめた。あたしは悲鳴をあげた。

「やめて！　放して！」

「あなたのことが大好きで、ここまで会いにきてるのは、だれ？」

答えてなんかやらない。

「知らない！　そんな人いない！」

でも、リズはやめない。

「わかった！　リズよ、リズ！　だから、やめて！」

「そうよ、わたしはあなたが大好きなの。わかったら、出かけましょ」

あたしたちはブリストルへいった。あたしが、田舎《いなか》には飽《あ》き飽きしたって言ったから。映画を観《み》て、それから運河ぞいを散歩した。運河に浮《う》かんでる船をかぞえたり、カモにえさをやったり、赤ちゃんガモが一列になってお母さんガモのあとをついてまわるのをながめたりした。それから、パブでエビフライとフライドポテトのセットを食べて、また運河にもどって、ナローボートっていう細長い船が通るたびに船の人が水門をあけたりしめたりするのを見物した。

「ナローボートに住みたいな」と、あたしは言った。

けど、リズはいやなんだって。

「クモが出るでしょ。それに湿気《しっけ》がね」

あたしは、そんなの平気。あたしはただ、だれにもとやかく言われないで、やりたくないことをやらせる人もいなくて、もしそんな人がいたとしてもエンジンかけて逃《に》げだせば、もうだれにも見つからないような、そういう場所にいきたいだけ。すると、リズは言った。

「けど、わたしはどうなるの？　あなたに会いたくなったら、どうすればいい？」

「教えてあげない。あたしはどっかに消えちゃうの」


リズといっしょにいられて、すごく楽しかった。知らない人たちと暮らすのは疲《つか》れる。ずっと感じよくしてないといけないから。あたしがほんとはすごくおそろしい子だって気づいたら、みんなあたしをきらいになるから。リズと半日出かけてみて、自分がどんなに疲れてたか、初めて気がついた。

家に帰ったのは、もう七時近かった。コンロの上で紅茶がわいてて、ジムが「ほら、急いで荷物を二階に置いておいで」と言った。

まわり道して遠くにある広いほうの階段を上がればよかったんだけど、みんなが見てたから、気味の悪い使用人用の階段を使わなきゃならなかった。そっちへいくのに角を曲がると、だれからもあたしのすがたは見えなくなった。だれかがまちぶせしてるかもしれないと思いながら、踊《おど》り場《ば》まで上がる。もしかしたら、そのだれかがとびかかってきて、あたしをつかまえて、それで――

だれかいる。

女の人だ。まちがいない。においでわかる。気味の悪いおばあさんのにおい、かわいた皮膚《ひふ》と、お酒と、タバコ、それから、石炭のけむりと、ミルクのにおい。かすかに、何か薬っぽいにおいも感じる。だれだかわからないけど、すぐ近くにいる。

あたしは凍《こお》りついた。ママなの？　ヴァイオレット？　ふたりがあたしの居場所を見つけたの？　ママはいつも、里親の家を見つけてあたしたちに会いにくるって言ってた。じっさいそうしたことはなかったけど、もしかして今回はほんとに見つけたの？

あたしは体をかたくして、耳をすました。このにおいはヴァイオレットじゃないし、あたしのママはこんな年寄りじゃない。あたしはじっと待った。二階のろうかをこっちにやってくる足音がするけど、相手に聞こえるかもしれないと思うと、こわくて動くことができない。

あたしは踊り場に立ってる。下にいるだれからも見えない場所に。あたしはひとりっきりだ。

とつぜん、あっちの踊り場でヴィクトリア時代の女の人の写真を最初に見たときと、同じ感覚におそわれた。自分がちっぽけで、ひとりきりで、なんの力もなくて、あたしを苦しめたいと思ってるだれかの家にいるような感覚。泣きだしたいけど、こわくて声を立てられない。じっと立ったままでいると、足音はどんどん近づいてきた。だれかわからないけど、ろうかをこっちに歩いてくる。階段が、ギシッ、ギシッと、鳴りはじめた。まるでだれかがこっちにおりてきてるみたいに。

でも、だれもいない。足音だけで、すがたは見えない。

叫《さけ》ぼうとしたけど、口があかない。

あたしは、何かこわい目にあったときにすることがある。自分をべつの場所にやってしまうの。体はそのままで、心だけどこか遠くに、安全な場所に。

そこからもどったとき、もう女の人はいなかった。

十三番目の家　リズ

リズは、専門里親とよばれる仕事をしてる。それはつまり、あたしがリズと暮らせるのは一年半と決まってて、あたしにどうしたらいい子になれるか教えて、あたしがどこかべつの家でちゃんとやってけるようにするのがリズの役目ってこと。

あたしがリズの家に連れてかれたのは、あたしを養子にしたふた組目の夫婦、まぬけのグレアムといらいらアナベルがあたしを放りだしたあとだった。グレアムとアナベルのことを責める気はない。あたしはふたりに、ほんとにひどいことをしたから。いらいらアナベルが家にかざってたものを全部こわしたし、アナベルのベッドでおしっこしたし、アナベルに何枚もお皿を投げつけたし、うそをついたし、ふたりがくれたおもちゃを全部こわしたし、アナベルをけったり、ぶったり、かみついたりしたから。むしろ、あんなに長く置いてくれたのがふしぎなくらい。あたしがアナベルなら、その何か月もまえに、あたしをごみ箱にポイしてる。だけどふたりとも、ちょっとおバカさんだった。

　まぬけのグレアムなんて、あたしを置いてくとき、ほんとになみだを流してた。

「わかってると思うけど、ぼくたちはいまでも、きみを愛してるからね。この先もずっと、きみはぼくたちのかわいい子どもだ。何があってもね」

「うん、何があってもね。じゃ、そろそろ帰ってくれる？」

　そう言ったら、まぬけのグレアムは、あたしになぐられたみたいな顔をした。

「別れるのはさびしくないかい？　ぼくたちは、きみのマミーとダディだよ？」

「あんたはあたしのダディじゃないし、あの人もあたしのマミーじゃない。どっちとも二度と会いたくなんかないから！」

「プリンセス……」

　まぬけのグレアムはそこで泣きはじめたんだけど、あたしはグレアムにつばを吐《は》きかけて、家のなかにかけこんだ。グレアムを見なくてすむように。まぬけのグレアムといらいらアナベルは、あたしを養子にしたいと言ったひと組目のおバカさんたちとそっくりだった。あたしのこと、愛してる、愛してるって言いつづけてたけど、最後にはあたしのこと捨てるってわかってた。わかってたの。

　最初はリズとなんか、暮らしたくなかった。独身の女の人で、それっていつだって最悪だったから。ヴァイオレットもひとりだったし、あたしのママもそうだった。それに、ソーシャルワーカーの人たちが、リズはあたしをちゃんとしつけてくれるとか、リズにはどんな手も通用しないとかいう話ばかりするから、きっとたたかれるんだと思ってた。ヴァイオレットやママと暮らして、しつけってのがどういうものか、知ってたから。タバコの火を押《お》しつけたり、ぶったり、地下室にとじこめたりするんだ。でも、そんなことしても、効き目はない。けっきょくあたしは、ママとも、ヴァイオレットとも、うまくやれないままだった。

だけど……リズとの生活は楽しかった。リズって人は、思ってたのとぜんぜんちがった。「リズなんか死んじまえ！　リズなんか大きらい！」ってあたしが言っても、ほかの里親みたいに怒《おこ》ったりしなかった。笑って、あたしをハグして、「でも、わたしはあなたが大好きよ」って、ほんとにそう思ってるみたいに言った。

リズを怒らせるのは、ほんとに、ほんとに、むずかしかった。たとえば、リズと暮らしはじめた最初の日、リズが出してきたくだらない料理をあたしが食べないって言ったら、リズは笑って「だったら、そのぶんわたしがいただくわ！」って言って、平気な顔で食べつづけて、あたしはそれを見ながら、自分がバカみたいに思えてきた。

「あたしは何を食べればいいの？」

とうとうあたしがそう言うと、リズは「朝ごはんを食べたら？」と言ってきた。

あたしが怒って金切り声をあげたりしても、リズは知らん顔で外に出て、庭仕事を始める。いつだったか、あたしが外までついてって植物をぬきはじめたら、リズはすっと家のなかにもどって、ドアにかぎをかけてしまった。あたしは庭の野菜を全部ひっこぬいて、ふんづけて、窓に土を投げつけた。リズはいつまでたってても家に入れてくれなくて、そのうちあたりが暗くなってきて、あたしはもう何かをふんづけるのにも疲《つか》れてしまった。リズは、あたしが静かになったところでやっとなかに入れてくれて、オートミールのおかゆがたっぷり入ったお皿をくれた。

「怒《おこ》ってないの？」と、あたしは聞いた。

あたしに自分のものをめちゃくちゃにされたら、たいがいの人は激怒《げきど》する。まえにあたしを養子にしたいらいらアナベルは、あたしがそういうことをするたびに、おびえてた。アナベルと暮らしたのはあたしが八歳《さい》のときまでだけど、あたしはずっとアナベルをこわがらせてた。

「さっきまで、今日のサッカーのハイライトを見てたの」と、リズは言った。「すごくおもしろかったわ」って。

あたしは疲れて、悲しくなって、それまでにないくらいさびしくなった。リズはあたしのことなんか気にしちゃくれない。あたしがずっと外にいて、寒い思いをしてても、平気なんだ。

でも、そのあとリズは、「今度はあなたもいっしょに見たらいいわ」と言って、あたしをぎゅっと抱《だ》きしめた。あたしは急いで逃《に》げたけど。

「あんたのあのバカみたいな植物、あたしが全部、ぐしゃぐしゃにしたよ」

そう言ってみた。するとリズは、「知ってる。それについては、明日ふたりでどうにかしなきゃね」と言った。

それまでの家では、悪いことをしても、けっきょくはゆるされたし、だれもあたしに罰《ばつ》をあたえたりできなかった。あやまりなさいとか、自分の部屋にいけとか言われても、あたしはしたがわなかった。最初にあたしを養子にしたふたりは、こわがって、あたしに罰をあたえようとしなかった。そうするたびに、あたしがめちゃくちゃ怒《おこ》ったから。そこんちのほんとの子どもをけったり、壁《かべ》にぼこぼこ穴をあけてやったりしたら、そのうち、あたしを叱《しか》ったりしないほうが面倒《めんどう》が少ないって考えるようになった。リズもあたしを叱ったりしないけど、やったこととの責任はとらせる。あたしは野菜を植えなおさせられた。完全にだめになっちゃったもの以外は全部。それから、だめになったぶんを弁償《べんしょう》するかわりに、おてつだいをさせられた。そうじきをかけるとか、モップがけをするとか、食器を食洗機に入れるとか。

最初は「やらない！」って、抵抗《ていこう》した。でもリズは、あたしに鋤《すき》と庭仕事用の手袋《てぶくろ》をわたして、にこっとした。

「時間はいくらかかってもいいわよ。わたしはなかにいるからね。カップケーキでも作ろうかな」

それだけ言って、リズはさっさと家のなかにもどってしまった。あたしは、あっかんべえをした。あたしがバカみたいな庭仕事をやると思ったら、大まちがいだからね。

あたしは仕事をするかわりに、生垣《いけがき》のなかにかくれがを作った。古い防水布を屋根にして、小鳥の水飲み場にしてる台をひっぱってきて、テーブルにした。それから、小石をならべて、地面にこう書いた。

オリヴィアのいえ
たちいりきんし
はいったらころす

かくれががきあがるまですごく時間がかかったけど、けっこうおもしろかった。あたしは、そこが自分の家で、ずっと、ずっと、ずーっとそこに住むんだってふりをして、リズはあたしの奴隷《どれい》だと思うことにした。

その想像は楽しかったけど、お昼ごろにはちょっと飽《あ》きてきた。お昼ごはんには何ももらえないだろうと思ってた。だって、あたしは悪い子だったから。でも、リズは食べさせてくれた。チキンスープにパン、それとチーズをたくさん。トレーいっぱいのカップケーキも焼いてあった。

「食べていいの？」と、あたしは聞いた。

「いいに決まってるでしょ。庭仕事が終わったら食べましょ」

あのバカみたいな畑のこと、まだあきらめてないんだ。あたしはいすの背に、ぐたっとたおれこんだ。

「たいへんすぎる」

あたしは、ちっちゃい子みたいなあまえ声でうったえた。まえにあたしを養子にしてくれたまぬけのグレアムはこれで一発だったけど、リズにこの手は通用しなかった。

「さっさとすませてらっしゃい！」

リズは明るく言った。リズはいつも、めちゃくちゃ陽気。

あたしは、のろのろと庭にもどった。そんなバカみたいな仕事、やるもんか。そう思ってみたけど、反抗《はんこう》するのもなんだかおもしろくなくなった。それに、外は寒くなってきた。リズがリビングの電気をつけたから、リズがそこで紙ときらきらの粉とカードを使って、何かしてるのが見えた。楽しそうだ。

あたしはずっと庭にすわったまま、土をつかんでは指のあいだから落としてた。そしたら、リズがおやつの時間によびにきた。

「あんたのバカみたいな畑なんか、たがやしたりしない」

あたしが言うと、リズは「いいわよ」と言って、またあたしをハグした。

「いつだって明日ってものがあるわ」

リズはいつまでもあきらめない。けっきょく、あたしが根負けして、なんでも言われたことをするはめになる。

ほかの家ではたいてい、あたしがボスだった。でも、リズはあたしをボスにさせなかった。ほかの家では大げんかになってた。「言われたとおりにしなさい！」「やだ！」って具合に。

あたしがボスになれなかったのはヴァイオレットみたいな人がいる家だけで、言われたとおりにしないと、冷たいシャワーの下にずっと立たされたり、地下室にとじこめられたりした。リズはそんなことしなかった。けど、あたしがめちゃくちゃにしたものは、いつもきちんともとにもどさせた。それに、あたしがだれかに失礼な態度をとったら、おわびに何かいいことをさせた。

あたしが、そのころ新しくついたソーシャルワーカーのことをデブのぐうたら牛とよんだときもそう。

「あたしは悪くない！　だってあの人、ほんとにデブのぐうたら牛だもん」

あたしが言いかえすと、「言いわけはだめ」と、リズは言った。

リズはぜったい言いわけをゆるさない。

「だれかに失礼な態度をとったら、そのつぐないをしないといけないわ」

そう言って、「ごめんなさい」と書いたカードを作らせ、デブ牛に送らせた。どういうこと？

自分がボスになれないのはこわい。でも、悪くない気もした。だって、自分が全部仕切ろうとするのはたいへんだし、たまには――三十分かそこらだったら――そうしなきゃって思うのを忘れるのもいい。そう考えると、気が楽になった。

あと、リズはあたしのこと、すばらしいとか、かわいらしいとか、愛くるしいとか、ぜったい言わない。それまでの家では、そう言われることもけっこうあった。でもリズは、いつもずるい手を使ってあたしにいろいろやらせておいて、「がんばったわね」とか「上出来よ！」とか言って、ほめる。

　それをどう受けとったらいいか、さっぱりわからない。うれしい気持ちはある。いいことしたんだな、とか思って。でも、なんか変な気もする。だって、あたしはいい子じゃないし、ほめられると、自分がだれだかわからないような気分になって、それがいやだった。悪い子でいるのは好きじゃないけど、ひどいことをしてるときは、すくなくとも自分がだれかわかってる感じがする。

　だから、リズからそういうことを言われたあと、あたしはときどきすごく悪いことをした。リズのお皿をかたっぱしから、ガシャン、ガシャン、ガシャンって割ったり、リズをバカなババアってよんだり。

「悪いことするのが好きなの？」と、リズが聞いてきたことがある。

　あたしはちょっと肩《かた》をすくめた。もちろん、好きじゃない。でも、それがあたしだから。

「むちゃくちゃに怒《おこ》ることも好き？」

　またリズが聞くから、あたしはまた肩をすくめた。

「だって、それがあたしなの」

「そうでなくてもいいのよ」

　リズはそう言ったけど、そんなの信じない。

　リズと暮らしてると、安心できた。あんなに安心できたのはいつぶりだったか、記憶《きおく》にないくらい。まぬけのグレアムみたいな人たちと暮らしてたときは、いつでも警戒《けいかい》してないといけなかった。だって、だれかがあたしに何か悪いことをするために訪ねてきたとしても、たぶん、どうぞどうぞってなかに入れて、ケーキを出してあげたりするだろうから。あたしのこと、かわいくてたまらないなんて思うおバカさんは、かんたんに人にだまされる。けど、リズは頭がよかった。リズなら、だまされることはないような気がした。ぜったいないとは言いきれない。だって、ヴァイオレットみたいな人は、ものすごくずるがしこいから。だけど、リズといると、ちょっとだけ安心できて、それは何よりうれしいことだった。

それに、リズはあたしがどんなに悪い子かわかっても、びくびくしたりしなかった。ほかの人はたいてい、最初はあたしのこと好きだと言ってても、あたしがどんなに悪い子か知ったら、放りだす。だけど、リズはそうしなかった。リズって、まるでスーパーヒーロー。どんなひどい攻撃《こうげき》をしかけても、ひるまず受けとめる。

とにかく、そう見えた。

リズを好きになるのも、リズがあたしを好きになってくれるのもうれしかったけど、やっぱりずっと、ほんとに、ほんとにこわくて、だって、もしリズに捨てられたらどんなにつらいか、わかってたから。リズが何かすごいことをしてくれるたびに、次の家ではきっとこんなことはないだろうと思って、よろこぶのをやめた。だけどリズは、ほんとに、ほんとに、すごいことをしてくれたこともある。たとえば、ヘイリーの居場所をさがしだして、ヘイリーのパパとママに頼《たの》んで、あたしとあの子を会わせてくれたりした。

妹のヘイリーは養子になった。ヘイリーのパパとママはあたしも養子にすることにしてたんだけど、一年近くいっしょに暮らしたあと、心変わりして、あたしを送りかえした。追いだされたあとも、あたしはヘイリーと会っていいって言われてたんだけど、一度も会えなかった。ううん、一度だけ会ったことあるけど、なんか変な感じだったし、すごくいやな感じだった。ヘイリーのパパとママがずっとあたしのことにらみつけてて、まるであたしがヘイリーの頭をいすでぶんなぐるんじゃないかとでも思ってるみたいだったから。あたし、そんなことぜったいしないのに。

一度だけ、あの人たちのほんとの子どもに、それをやったことはある。それはあいつがどうしようもないバカだったからで、自業自得《じごうじとく》ってやつ。

とにかく、ヘイリーとは三年ほど会ってなかったんだけど、リズはヘイリーのこと全部知ってて、ある土曜日、ヘイリーに会いにいくわよって、あたしに言った。

あたしはものすごく緊張《きんちょう》してた。ヘイリーは変わっちゃってるかもしれないし、あたしのこと、忘れちゃってるかもしれないし、まだちっちゃくてよくわからないからあたしのこと好きだっただけかもしれないから。

リズとあたしは、ヘイリーとヘイリーのパパと、公園で会った。最後に会ったときヘイリーは五歳《さい》で、そのときは八歳になってた。あたしとあんまり変わらないくらい背がのびてて、きれいな金色だった髪《かみ》は茶色っぽくなって、短くカットされてた。

「その髪、あんまり好きじゃないな。どうして切ったの？」と、あたしは聞いた。

ヘイリーはちょっとびっくりしたみたいで、「わかんない……またのばすかもしれないけど……まだ決めてない」と言った。

そしたら、ヘイリーのパパが、すごい目であたしを見た。だからこの子のパパにはなりたくなかったんだ、っていう目。やな感じ。それで、あたしはヘイリーの手をつかんで、「ブランコで遊ぼ」って言って、そっちへ走りだした。ヘイリーも、置いてかれないよう、あたしについてきた。

ブランコのとこまでくると、あたしは言った。

「乗って。押《お》してあげる」

だって、小さいころ、あたしたちはいつもそうしてたから。

ヘイリーがブランコに乗り、あたしはその背中を押した。でも、まえと同じじゃなかった。ヘイリーは大きく、重たくなってたし、楽しそうにも見えなかった。

「おもしろくない？」と聞くと、ヘイリーは「もう自分でこげるから」と言って、自分でブランコをゆらしはじめた。

あたしは少しさがった。自分がバカみたいに思えて、ヘイリーがちょっとだけきらいになった。

「ブランコには飽《あ》きた。ジャングルジムで遊ぼ！」

そう言って、あたしはジャングルジムに走っていき、てっぺんによじのぼった。ヘイリーもついてきたけど、なんだかちょっとゆっくりな気がした。

あたしは、いちばん上の段のわくをスニーカーのかかとでふんで、そうっと立ちあがった。ヘイリーが悲鳴のような声をあげた。

「何してんの？」

その声は、小さかったときとおんなじに聞こえた。あたしは、両手を横に広げ、ジャングルジムの四角いわくの上を歩きはじめた。

「オリヴィア！」

ヘイリーが、あたしの名前をよんだ。これで、興味を持ってくれてるのはたしか。さっきまでとちがって。

ヘイリーのパパがかけてきて、言った。

「オリヴィア、いますぐおりなさい！」

あたしはふたりを無視した。もう一歩進む。もう一歩。できるってとこを見せつけるためだけに。それからひざをついてわくをつかむと、ジャングルジムのなかをするりと通りぬけ、下におりた。ヘイリーのパパがあたしの腕《うで》をつかみ、ゆさぶりはじめた。

「何やってるんだ！　死にたいのか？」

「どうか、そのくらいで」

リズがまえに出て腕をのばし、ヘイリーのパパの肩《かた》に手を置いた。

「オリヴィア、ブランコはもういいでしょう？　かわりに、少し歩かない？」

言いかえしたかったけど、もしそうしたら、リズはあたしを車にひきずってって、そのままうちに連れて帰るとわかってた。だから、ヘイリーの手をぐいっとひっぱって、「ほら、いこう」と、声をかけた。

あたしは、ヘイリーにきらわれたと思った。リズとヘイリーのパパがあたしに命令するとこを見られちゃったから。だから、ヘイリーはこないかもって思った。でも、ついてきた。

「あんたのパパって、ほんとバカ」と、あたしはヘイリーに言った。

「あんたもあたしたちといっしょに住めるよう、リズに頼《たの》んであげよっか？」

そう言うと、ヘイリーは少し顔を赤くした。

「わたしは……いいの」

おどおどした言いかた。一瞬《いっしゅん》、目のまえのヘイリーが、記憶《きおく》のなかのヘイリーそっくりに見えた。

「べつにいいよ。あたしと住みたくないなら、それでもかまわない」

そう言うと、ヘイリーは口をとがらせた。

「ちがう、そうじゃなくて……わたし、お姉ちゃんと暮らしたいの。ほんとよ！　でも……パパとママのことも好きなの。それに、言ってもパパとママはわたしを離《はな》さないと思う」

「そんなことないよ。あの人たち、あたしのこと捨てたじゃん。あんたがいまみたいにかわいくなくなったら、あんたのことも捨てるよ」

ヘイリーは何も言わなかった。いまにも泣きそうな顔。あたしはちょっと後悔《こうかい》した。ひどい言いかたしちゃった。ヘイリーはいつでも変わらずあたしを好きでいてくれる、唯一《ゆいいつ》の人間なのに。

「まあ、たぶん、あんたはだいじょうぶだよ」と、あたしは言った。

「あの人たち、最初からあたしよりあんたのこと気に入ってたんだから。あんた、ほんとにあたしと暮らしたいと思ってる？」

「思ってるよ！」

ヘイリーは言ったけど、本心かどうかわからない。

「お姉ちゃんがいなくなったとき、わたし、ずっと、ずっと、泣いてたんだから。うそだと思ったら、パパに聞いて」

あたしはヘイリーの肩《かた》に腕《うで》をまわし、ぎゅっと抱《だ》きしめた。

「あたしたち、きょうだいだからね。永遠に」

ヘイリーは大きくうなずいた。あたしと同じように。そして、「約束する」と、真剣《しんけん》な声で言った。

でも、それっきり、ヘイリーとは会ってない。

アメリア

「あの女の人はだれなの？」

その夜、あたしはジムに聞いてみた。

「あのすっごく古い写真の。階段の踊《おど》り場《ば》にあるやつ」

ジムは書斎《しょさい》で、ノートパソコンを使って仕事してた。でも、あたしがじゃましても、いやな顔はしなかった。

「ああ……あれは、アメリア・ダイアーだよ。ちょっとしたセレブだ」

「有名人ってこと？」

そうは見えない。すごく古くさい感じだし、ぶさいくだ。

ジムは、ほほえんで「そう……ヴィクトリア時代のね」と答えた。

「極悪非道《ごくあくひどう》なばあさんさ。昔、この家に住んでたんだ」

「ここに住んでたの？　どういう人？　いったい何したの？」

「落ちつきなさい、オリヴィア。落ちついて」

「どういう人かって聞いてんの！」

あたしはどなった。

「オリヴィア」

ジムがこっちを見た。けとばしてやりたい。でも、アメリアのことをもっと知りたい。だから、にらみつけるだけにしておいた。「あんたなんか大きらいビーム」をジムの頭にビシバシぶちこんで、脳ミソぐっちゃぐちゃのドロドロにしてやる。だけど、ジムはまた平然と、パソコンのキーを打ちはじめた。ちょっと待ってみたけど、ジムはそれ以上、何も言わない。

「教えてよ。アメリア・ダイアーって、だれ？」

あたしはもう一度聞いた。ジムは目もあげない。

「お願い」

そうつけくわえると、ジムはにっこりした。

「赤ちゃん農場をやってた女だ。赤ちゃん農場は知ってる？」

「知らない」

ぶすっと答えたのに、ジムはあたしが怒《おこ》ってるのがわからないみたいに話をつづけた。

「赤ちゃん農場には、いろんな顔があった。ヴィクトリア時代のイギリスでは、結婚《けっこん》してない女性が子どもを育てていくのは、たいへんだったんだ。仕事にはつけないし、児童養護施設《じどうようごしせつ》も不足してた。それで、子どもをかかえて途方《とほう》に暮れる母親が、たくさんいたんだよ」

「その人たちはどうしたの？」

「だからね、そこに登場するのが、赤ちゃん農場さ。そのなかでもいちばんましなのが——まあ、いまでいう里親みたいなもんかな。母親は金をはらってそこに子どもを預け、働きに出た。子どもなんかいないふりをして職につくわけだから、おおっぴらに子どもに会いにいくわけにはいかない。気の毒に、二か月に一回くらいしかわが子に会えない人もいたし、子どもが育つ環境《かんきょう》としてはあまりにひどい施設もあった。そまつな寝床《ねどこ》に一日じゅう転がされたまま、だれにも話しかけてもらえず、ろくに乳も食べ物ももらえず、着てるものがよごれてもそのまま。そういうあつかいを受けて、たくさんの子どもが赤ちゃん農場で死んでいったんだ」

あたしはテーブルにつめを立てて、ひっかいた。泣いてる赤ちゃんたち。なのに、だれも面倒《めんどう》を見ない。あたしをこんな気持ちにさせたジムの話に、めちゃくちゃ腹が立った。

「あんたんちのあの女は、赤ちゃんにそういうことしてたわけ？」

あたしは、急いでそう言った。それ以上考えなくてすむように。

「ああ、そうだ。だが、それよりもっとひどい話もある。なかには自分の産んだ子をそんな場所に置くのはいやだってご婦人がたもいてね、そういう女性たちは、だれかちゃんとした人がわが子をひきとって、その家の子どもとして育ててくれることを望んだ」

「じゃ、そうすればいいじゃん」

「それがね、家庭を必要としてる赤ちゃんのほうが、赤ちゃんを必要としてる家庭よりずっと多かったのさ。それで、わが子を養子に出すために、母親は多額の金をはらう必要があった。そこで、アメリア・ダイアーのような女は、養子にする赤んぼうをさがしてるふりをした。そして、金と子どもを受けとると、子どもをこっそり始末したんだ」

「始末って？　どういうこと？　殺したの？」

「そうだよ。窒息《ちっそく》させたり、ほったらかしにして飢《う》え死《じ》にさせたり」

寒気がした。あたしには想像できる、アメリア・ダイアーって女が。ひとり身の女は、いつだって最悪だ。あたしは知ってる。アメリア・ダイアー、ヴァイオレット、あたしのママ。ヴァイオレットも里子を殺す。ぜったいやる。ばれずにすむと思えば。

「それから、そういう家に子どもを産むためにやってくる人たちもいた。アメリアはその子どもを生かしておくこともあったし、母親のほうからお産のときに殺してほしいと頼《たの》むこともあった。検視官には死産と報告され、事実に気づく者はいなかった」

「何人の子どもを殺したの？」

あたしは、声を低くして聞いた。

「それは、だれにもわからない。アメリアの世話になったご婦人がたが声をあげることは、まずなかったからね。だが、アメリアは若いころからずっと赤ちゃん農場をやってた。犠牲《ぎせい》になった子は、ざっと四百人はいると見られてる」

「それで、アメリアはどうなったの？」

「つかまったよ。赤んぼうの小さな遺体《いたい》が川に浮《う》かんでるのが発見されて、そこから足がついたんだ。裁判は世間の注目を集めた。アメリアは殺人罪を宣告され、絞首刑《こうしゅけい》になった」

「ここで？」

「いやいや、ここじゃないよ。レディングの街でだ。アメリアがここに住んでたのは、ほんの二年ほどさ。引《ひ》っ越《こ》しをくりかえしてたんだ。ひとところに長くいると、人目につくからね」

「でも、ここでも殺したんでしょ？」

「うーん、たしかなことはわからない。アメリアは、自分の罪をひけらかすようなまねは、しなかったからね。だがまあ、答えはイエスだ。おそらく、ここでもやった」

あたしは、ぶるっと身ぶるいした。

におい

ジムからアメリア・ダイアーの話を聞いたあと、あたしはみんなにバカにされてもいいから、もう二度とあの使用人用の階段は使わないって決めた。でも、すぐにわかった。アメリア――かどうかはわからないけど、そのだれかを避《さ》けようとするのはかんたんじゃないってことが。

次に気づいたのは、においだった。ジムの家のなかには、説明のつかないにおいがいろいろただよってる。それに気づくまで、しばらくかかった。なにしろ、初めての家には、初めてのにおいがものすごくいっぱいあるから。土、わら、ネコ、ニワトリのふん、ヤギ、刈《か》りたての草。庭には、あたしの知らない花がいろいろ咲《さ》いてる。いろんなにおいがかさなりあってて、最初はちょっと圧《あっ》倒《とう》された。それに、人間のにおいもある。ジムのは、メイジーのにおいがちょっとと、コーヒー。料理したあとはガーリック、ブタやヤギにえさをやったあとは農場のにおいがする。ダニエルは、えんぴつのけずりかすと、チューインガムと、ネコのジグザグのにおい。ハリエットからするのは、イチゴのリップグロスと、入浴剤《にゅうよくざい》と、ごっこ遊びの服が入れてある箱の底の、ほこりっぽくて、かびくさくて、ちょっとえんぴつみたいなにおい。グレースは、メイジーと、ファンデーションと、香水と、ロールオンタイプの制汗剤《せいかんざい》のにおいがした。

最初の二週間、あたしの鼻は、こういう新しい情報を学習するのに大いそがしだった。でも、少しして、あたしはべつのにおいに気づきはじめた。どう考えても、わけのわからないにおい。

ひとつは火。この家のリビングでは、現実の、ほんものの火が燃えてる。その火は、木のような、灰のような、強いにおいがする。あたしの好きなにおい。ふだんは、まきを燃やしてる。石炭の袋《ふくろ》も置いてあるけど、だれも使わない。それがある晩、あたしがアイヴィー家で暮らしはじめて一か月ほどしたころだけど、まきが切れちゃって、ジムは袋から石炭を出して、火にくべた。石炭のけむりは、ぜんぜんちがうにおいがする。金属っぽくて、エンジンみたいで、すすみたいなにおい。そのにおいは、いやな感じがした。いらいらアナベルとまぬけのグレアムといっしょに蒸気機関車に乗ったときのことを、思いだしたから。それと、まえにやっぱりまきを燃やしてたときにも、ジムの家にそのにおいがただよってたことがあるのに気がついたから。

それから、ちょくちょく石炭のにおいを感じるようになった。石炭のにおいがするのに、燃えてるのはまきだけ。そもそも暖炉《だんろ》に火が入ってないことだってあった。そのことをジムに言ってみたけど、とくにおどろいた顔はしなかった。

「リンダとデイヴだろう。それか、コテージのほうからただよってくるのかもしれないな」

ジムはそう言った。でも、リンダとデイヴの家まで畑五つぶんくらい離《はな》れてるし、コテージがならんでるのはもっと遠くで、しかも丘《おか》の向こうだ。いままで、そんな遠くのにおいなんか、感じたことなかった。

それだけじゃない。ある日、学校から帰ってリビングにかけこむと、タバコのにおいがした。あたしはぎくっとした。タバコのにおいは、ママのにおいの一部。その瞬間《しゅんかん》に、記憶《きおく》がはっきりよみがえった。ママはよく腕《うで》を広げて、こう言った。

「おいで。だっこしてあげる」

そのたび、あたしは思うの。今度こそ、ママはあたしを好きになってくれたのかもしれない。そして、抱《だ》きしめてもらおうとかけよると、ママはあたしの腕にタバコを押《お》しつけ、頭のネジがはずれたみたいに、げらげら笑った。そんなこと、二回もあれば学習すると思うかもしれないけど、そうはならなかった。ママがいうたび、思ってしまう。今度こそ、ママはあたしを好きになってくれたのかも。そして、あたしはかけよっていった。

あたしは、バカな子どもだった。

とにかくあたしは、ジムの家のリビングでタバコのにおいをかいだとき、五歳《さい》のときに逆もどりした気がした。腕の肉がこげるにおいがして、ママの笑い声が聞こえた。腕を焼かれる痛みも感じて、痛みをおさえようと、思わず古いやけどのあとに手をやってた。ただの記憶だってことはわかってた。現実じゃないってことは。

でも、ほんとに感じたの。

そのとき、あたしのあとからハリエットとダニエルもかけこんできて、ハリエットが「バットマンごっこしない？」と言って、そのいきおいであたしに抱《だ》きついてきたから、あたしは一マイルくらいとびあがって、どなりつけた。

「何すんの！　さわらないで！」

乱暴にハリエットを押《お》しのけると、ハリエットはよろけてソファーにたおれこみ、おどろいて悲鳴をあげた。キッチンにかけこむと、ジムが買い物袋《ぶくろ》をおろしてるところだった。

「だれがリビングでタバコ吸ったの？」と、あたしは聞いた。

もしママだったらって思うと、不安だったから。たぶんママじゃないって頭ではわかってるけど、体はべつ。体はパニックを起こしてる。それに、ママだってこともありえる。社会福祉部《しゃかいふくしぶ》に侵入《しんにゅう》してあたしのファイルをさがし、居場所を調べることだって、できるんだから。それに、もしママじゃないなら、だれかべつの人ってことになる。あたしの知らないだれかが、あたしの知らないうちにこの家にやってきて、そしてたぶんあたしが家にいるあいだもここにいて、それで……。

「どういう意味？」

ジムが聞きかえした。そこへ、ダニエルとハリエットがやってきて、話はおしまい。

「オリヴィアが押した！」とハリエットが言って、あたしは気持ちをおさえられなくて、ジムが買ってきたものをテーブルからはたき落とした。トマトの袋が床《ゆか》でグシャッと音を立て、袋からこぼれたリンゴがあちこちに転がっていき、オリーブオイルのびんが割れて、オイルが床《ゆか》に広がって、あたしは、自分の部屋にいってひとりで自分のやったことを反省するよう言われた。だけど、あたしは「べつにいいや」って思った。ダニエルとハリエットをだまらせることができたし、あとでキッチンのそうじをさせられるとしても、そのかいはあった。

あとになって一階におりてみると、においは消えてた。それも変な話。ふつう、においはその場に残ってるものだ。何時間も、何時間も。それであたしは、あのにおいもあたしの頭が勝手に作りだしたものじゃないかと考えはじめた。焼けた腕《うで》の痛みと同じで。ときどき記憶《きおく》がものすごくはっきりよみがえってきて、においまで感じることがある。そのことをジムに聞いてみたかったけど、ジムはそれより、あたしがハリエットを押《お》したことについて話したがった。

「オリヴィア、いったい何があった？　フラッシュバックか？」

あたしは答えなかった。

フラッシュバックってのは、記憶がいきなりとびだしてくることをいう。あたしはそんなもののことは考えたくなかったから、いつも聞きながしてたけど、バカなセラピストのヘレンは、それについてえんえんと話した。自分を守る手段だとか、トラウマがどうとか、べらべら、べらべら。

その日から、タバコのにおいに気づくことが多くなっていった。あたしは心配になりだした。もしかしたら、だれかがジムの留守にうちに上がりこんで、勝手にそこらにすわってタバコをふかしたりテレビを見たりして、ジムが帰ってきたらどこかにかくれてるのかもしれない。そう思うと、こわくてしかたなかった。ジムの家は、かくれるにはもってこいの場所だ。戸棚《とだな》やたんすがいくらでもあるし、ずっと使われてない部屋だっていっぱいある。あたしの部屋のたんすのなかやベッドの下にかくれて、みんなが寝《ね》たあとでそこから出てきて、あたしをさらってくつもりかもしれない。そう考えたら、ますますジムにあたしをひとりにさせちゃいけないって思うようになった。ぜったいに。

忘れられるのが心配なだけじゃない。何かがあたしをつかまえにくる気がして、こわかった。あのにおいを残してくのが生きた人間なのか、それとも、死んでどこかのお墓《はか》に眠《ねむ》ってるはずのアメリアがあたしにとりついてるのか、わからない。どっちにしても、おそろしかった。

ジムはあたしが悪いことをするたび、自分の部屋にいけって言うけど、あたしはそれがいやでたまらなかった。それで、なんとかして、その罰《ばつ》からのがれようとした。

「オリヴィア、これは大事なことなんだ」

十四回目くらいにあたしが下におりてったとき、ジムは言った。

「腹が立つことがあるのはわかる。だが、ほかの子もいっしょに生活してるわけだから、リビングでとつぜん叫《さけ》びだすのは、なしだ。ほかにそうしてもいい場所を見つける必要がある」

できなきゃ、ここから追いだすぞ。言ってないけど、そう言われた気がした。

ジムとその話をした次の土曜日、リズがブリストル・シティＦＣの試合を観《み》に連れてってくれた。リズはシティの熱烈《ねつれつ》なサポーターだ。あたしもそう。まえはそうじゃなかったけど。まえは、シティについて、ありとあらゆる悪口を言ってた。リズへのいやがらせで。でも、ぜんぜん効果なかった。で、二回くらい試合に連れてってもらったとこで、気持ちが変わった。サッカーの試合って、最高。みんな大声で叫《さけ》んだりわめいたりしてるし、いいおとながだれもかれも、きたない言葉で相手チームをののしったり、相手の選手に失礼なことを言いまくったりしてる。リズまで。ふだん、リズはすごくおだやかだけど、サッカーの試合を観《み》るときは怒《おこ》ってきたない言葉を使うリズに変わって、ふたりでぴょんぴょんとびはねたり、大声で叫んだりして、最高の時間をすごす。サッカーの試合以外で、たくさんのおとなが声を合わせて「デブのおまえに審判《しんぱん》なんかむり、デブのおまえに審判はむぅりだぁぁぁぁ」とか歌うって、聞いたことない。おもしろすぎでしょ。

それはともかく、サッカーを観たあと、あたしたちはカフェにいった。ミートパイとフライドポテトのセットを食べながら試合の話で盛りあがったあとで、リズが言った。

「ねえ、オリヴィア。あなた、自分の部屋にいきたがらないって聞いたけど、どういうこと？　うちにいたときは、そんなことなかったでしょ？」

リズの家で平気だったのは、あそこでは安心していられたから。もしあたしをさらいにくるやつがいたとしても、そいつらが「おじょうちゃん、キャンディをあげよう」とか言う間もなく、リズが空手チョップでやっつけてくれただろう。

あたしは言った。

「わかんない。ねえ、あたしにもシティのマフラータオル、買って。ほかの子はみんな持ってるよ」

リズは、それには答えようともしなかった。

「オリヴィア、あなたはバカじゃない。そんなことしてどうなるかは、わかってるでしょ」

あたしはもじもじした。子どもが自分の部屋にいきたがらないくらいのことで、親は子どもを追いだすべきじゃない。でも、みんなやるんだ。

「あたし……」

言いかけて、やめた。でも、リズはつづきを待ってる。

「あたし、ひとりになりたくないの。ジムの家にはあんなにいっぱい部屋があって、変なにおいがして、だれかが家のなかにかくれてる気がするし、そいつらにさらわれたりしたくない。それに、あのアメリア・ダイアーっていう、ヴィクトリア時代の気味悪い死んだ女。もし人間のしわざじゃないとしたら、あの家にはアメリアの幽霊《ゆうれい》がとりついてるってことだから、その幽霊にひとりでいるところを見つかりたくない。何されるかわからないから」

「オリヴィア、幽霊なんかこの世に存在しないってことは、わかってるでしょ？　それに、ジムの家にだれかが勝手に入りこむなんて、できっこないわ。ジムは慎重《しんちょう》な人よ。いつだって、おもても裏もしっかりかぎをかけてるんだから」

「でも、音がするの！　においも！　何もないのに音やにおいがするなんて、変でしょ！」

「わかったわ。じゃ、どうすればいいかしら？」

そのあと、ジムはあたしに自分の部屋にいってろと言うかわりに、ダイニングにいけと言うようになった。ダイニングルームはろうかをはさんでキッチンの反対側にあって、ドアにはガラスがはまってたから、あたしからジムが見えるし、ジムからもあたしが見える。だけど、そこは食事のとき以外、だれも使わない。広すぎて寒いし、テレビもないから。

ダイニングにひとりでいるのも、あんまりいい気持ちはしない。アイヴィー家にきたばかりのころのあたしは、自分がそんながまんをするようになるなんて考えもしなかった。でも、ジムが努力してくれてるのはわかったし、ハリエットのまえであたしにパニックを起こしてほしくないんだってことも理解できた。あたしを自分の部屋にいかせるのをやめてくれたのも、うれしかった。だから、あんまり好きじゃなかったけど、おとなしくダイニングに入ってた。

十二番目の家　アナベルとグレアム

リズと住むようになるまえは、アナベルとグレアムの家にいた。二番目の、ずっと家族になるはずだった人たち。ふたりはあたしの里親の家にやってきて、あたしを遊園地に連れてってくれた。アナベルはぺたっとした黄色い髪《かみ》をしてて、なんかふきげんそうな顔をしてた。グレアムはまるいメガネをかけてて、ハゲがあった。笑いかたがぎこちなくて、何を言ったらいいかわからないときは、すぐそんなふうに笑った。

「バンパーカーに乗ってもいい？」

ふたりの車に乗るなり、あたしは言った。

「もちろんさ」

グレアムは、にこーっと、あまったるい顔で笑った。グレアムはあたしにバンパーカーを運転させてくれて、あたしはほかの車にかたっぱしからバンバンぶつかっていった。最高にいい気分だった。

「もう一回！」

バンパーカーがとまるとすぐ、あたしはおねだりした。

「ほかの乗り物にしなくていいのかい？」

グレアムが聞いたけど、あたしは首をぶんぶん横にふった。

「もっとバンパーカーに乗りたい！　遊園地なんて初めてなの。ずっときてみたかったの。あたし、遊園地の絵がのってる本を持ってたの。ずっと思ってたの。もし、あたしにパパとママができたら、きっとあたしをバンパーカーに乗せてくれるって。だから、おねがぁぁぁい！」

ちょっとやりすぎたと思った。いくらまぬけのグレアムでも、これがでまかせだってことくらいわかるだろう。遊園地なら、まえのマミーとダディに何べんも連れてってもらったし、里親だって一度は連れてってくれたことがある。だけど、まぬけのグレアムは、あたしの言うことを全部信じちゃうんだ。

「そうか……なら、いいよ」

グレアムは、ほんとまぬけな笑いを浮《う》かべた。

あたしたちはもう一回バンパーカーに乗って、もう一回乗った。グレアムがもうそんなに楽しんではいないのが、伝わってきた。

「次はメリーゴーランドにしない？」と、グレアムが聞いた。

「わかった……」

あたしは、めいっぱい悲しそうな顔をした。

「どうしたの？　気に入らない？」

「今日一日はあたしのものだと思ってたの」

あたしは、ほんとのはずかしがり屋さんのように、もじもじしながら言った。

「なんでも好きにしていいって思っちゃった」

「そうだよ、もちろんそうさ！」

グレアムは、あわてふためいた。

「よかった。じゃ、もっとバンパーカーに乗りたい！」

けっきょく、あたしはバンパーカーに連続十一回乗った。グレアムに休憩《きゅうけい》させてあげたのは、グレアムがわたあめを買ってきてくれるって言ったときと、ポップコーンを買ってきてくれるって言ったときと、ポテトチップスを買ってきてくれるって言ったときだけ。いらいらアナベルのことは、完全に無視した。アナベルのいらいらは頂点に達してるみたいだった。

「大好きよ、ダディ！」

あたしはまぬけのグレアムにあまえた声を出し、グレアムは例の大まぬけな笑いを浮《う》かべて、あたしにチョコエクレアを買ってくれた。

帰りの車のなかで気分悪くなったけど、気にしなかった。そしてねらいどおり、いらいらアナベルをゲロまみれにしてやった。あたしにはわかってた。このふたりと家族になって、トラブルが起きないはずはないってことが。

あたしは、ボスになるつもりだった。


あの家で暮らしはじめた最初の日から、ボスはあたしだった。あたしはすごくちっちゃくて――まだ七歳《さい》で、クラスでもいちばんチビだった――まぬけのグレアムがあたしをいとおしく思ってたことは、まちがいない。

グレアムはことあるごとに、「かわいらしい子じゃないか」と言った。グレアムが仕事から帰ってくると、あたしは玄関《げんかん》に走っていって、思いきり抱《だ》きついた。

「大好きよ、ダディ！」とあたしが言うと、グレアムは、なかにおもちゃが入った卵形のチョコレートや、袋入《ふくろい》りのお菓子《かし》や、まんがの本をくれた。

グレアムとアナベルの家には、どこよりもたくさん食べるものがあった。まえの里親のリンは、あたしには食事の問題があると、ふたりに話してた。

「摂食障害《せっしょくしょうがい》は、幼児期に育児放棄《いくじほうき》された子どもには、よく見られる症状《しょうじょう》なんです」

リンは、あたしが聞いてないと思って、話しだした。

「ここから先はだめという一線を、かならずもうけるようにしてください」

「かわいそうに」と、グレアムは言った。

「ちゃんと食べさせてもらえなかったんなら、食べ物の心配をするのもむりないよ。ぼくたちがきちんと食事をさせるとわかったら、問題もきっとおさまるさ」

ふん。

いっしょに暮らしはじめて最初の二、三週間、ふたりはあたしになんでも好きなものを食べさせてくれた。あたしはおなかがすいてもだいじょうぶなように、食べ物をこっそりベッドの下にもかくしておいた。ふたりは、ここはもうあたしの家だし、自由に飲んだり食べたりしていいと言った。最初の晩、あたしはいらいらアナベルの作ったものはひと口も食べないで、ふたりが寝《ね》てから、ポテトチップスを六袋《ふくろ》とチョコレートビスケットをひと袋、ミニポークパイを五つ、残り物のソーセージを三本、パンにぬるチョコスプレッドをほぼひとびん、おなかに入れた。それから二階に上がって、いらいらアナベルの下着の引き出しのなかに吐《は》いた。それを見つけたアナベルの顔が、かあっとピンク色になったから、あたしはしくしく泣きだして、おなかが痛いとうったえた。

「かわいそうに！　そうだね、おなか痛いね！」

まぬけのグレアムが言った。

「おうちに帰りたい！」ってあたしが言うと、まぬけのグレアムは「そうだね」と言って、あたしをひざに抱《だ》きあげた。ちょうどいいから、そこでまた吐いて、グレアムのパジャマをべちょべちょにしてやった。

そのことがあってから、いらいらアナベルはあたしに、食べたいときに食べるだけじゃだめだと言うようになった。

「でも、約束したじゃない！」

あたしは泣き声を出した。

「約束したでしょ。なのに、うそだったんだ。ほかの人たちとおんなじ！」

「ああ、オリヴィア」

まぬけのグレアムは、あたしを抱《だ》きしめた。あたしもグレアムの首に腕《うで》をまわして、グレアムが息もできないくらい、力をこめて抱きついた。グレアムは言った。

「もちろん、自由にキッチンに出入りしていいんだよ。ぼくたちはただ、きみをまたかわいそうな目にあわせたくないだけなんだ」

「でも――」

いらいらアナベルが口をはさんだ。ゲロまみれの下着のことを忘れてないんだ。

「――この子に好きほうだい食べさせておくだけじゃだめよ！」

「だいじょうぶだよ」

まぬけのグレアムは言った。

「そんなことしないだろ、ベイビー？」

あたしはしゃっくりをし、いらいらアナベルに勝ちほこった目を向けてから、「しないわ、ダディ」と答えた。

でも、やったの。

いらいらアナベルは、お菓子《かし》を買うのをやめた。そうすればあたしをとめられると思ったんだ。無駄《むだ》だったけどね。アナベルがお菓子を買うのをやめた日、あたしはジャムサンドを十二個食べて、アナベルが午前中いっぱいかけて作ったローストチキンには手をつけなかった。

いらいらアナベルとまぬけのグレアムは、そのことで大げんかした。

「病的だわ。あの子、わたしへの当てつけのためにやってるのよ」

「落ちつけよ。まだほんの子どもだろ？　犯罪《はんざい》の黒幕《くろまく》みたいに言うなよ。親への当てつけのためだけに自分の体を悪くする子どもが、どこにいる？」

「ここにいるのよ。あなたはわかってない。あの子が明るくかわいらしくしてるのは、あなたのまえだけ。あの子、わたしをきらってるの」

「きらってなんかないさ」

そのあとちょっと静かになったのは、まぬけのグレアムがアナベルを抱《だ》きしめたんだと思う。ふたりとも、でっかいテディベアみたいだ。ふたりはしょっちゅう抱きあってる。

「たいへんなのはわかるよ」

グレアムが言った。

「疲《つか》れてるのも知ってる。だけど、あの子もいずれ乗りこえる。もう飢《う》えることはないって、わかりさえすれば」

「ほんとにリンの言ったとおりなのかしら……」

「リンはこうも言ってただろ。ぼくたちが信頼《しんらい》できる相手だってとこを、あの子に見せなきゃならない。子どもとの約束は破りたくないんだよ。あの子の場合は、とくに」

でも、まぬけのグレアムにも、さすがにこのままじゃだめだってわかってた。ふたりが解決策《かいけつさく》として考えだしたのが、「オリヴィアのスペシャル・フードボックス」。アナベルはその箱を、ヘルシーな食べ物でいっぱいにする。シリアルバーやクラッカーみたいなもので。あたしは、おなかがすいたらそこから何かとって食べるってわけ。

「じゃ、もしほかのを食べたら？」

「タイムアウトよ」と、いらいらアナベルは言った。

「タイムアウト」があの家でのおしおきだった。悪いことをしたら、七分間ソファーにすわってなきゃならない。そのあいだ、なんにもしゃべっちゃだめ。バカみたいなアイデア。だって、アナベルはそのルールをあたしに守らせることなんか、できなかったんだから。

キッチンから食べ物をぬすんじゃいけないことになった最初の日の午後、あたしは冷蔵庫から、いらいらアナベルのチョコレートマフィンをひとつ、いただいた。マフィンを選んだのは、アナベルがそれを三個買ってたから。ひとつ消えれば、すぐにわかる。念のために、マフィンの包み紙をテーブルの上に放りだしておいた。

あたしが二階に上がってアナベルの部屋の壁《かべ》に落書きしてるとき、アナベルはマフィンがなくなってることに気づいた。最初に、キッチンに入ってくアナベルの足音が聞こえた。そのあと、しばらく何の音もしなかった。アナベルが凍《こお》りついてるのがわかる。あたしはクスクス笑った。最高だった。五倍も年上のアナベルを、あたしは凍りつかせることができるんだから。

アナベルが二階に上がってきて、自分の部屋の壁《かべ》にあたしが落書きしてるのを見つけて、深いため息をついた。

「あなたが食べたの、オリヴィア？」

アナベルは、マフィンの包み紙をかかげた。

あたしは「ううん」と、首をふった。

そして、壁にマフィンの絵をかいた。

「オリヴィア！　やめなさい！」

アナベルはあたしの手からマーカーをとりあげた。

あたしはわめいた。

「お絵かきしてるの！」

「オリヴィア、聞いて！　マフィンを食べたの？」

どんだけバカなんだろ。食べたに決まってるじゃない。ほかにだれが食べるわけ？

「ダディが食べた」

「ダディはお仕事よ」

アナベルがあたしの腕《うで》をつかんだ。

「タイムアウトが必要ね。マフィンを食べたことで七分、わたしにうそをついたことで七分」

壁《かべ》に落書きしたことはいいの？　やったね。だけど、ボスはあんたじゃないってことを、わからせてあげないと。

「やだ！」

あたしはアナベルの顔に、つばを吐《は》きかけた。

いらいらアナベルは顔をしかめた。そして、あたしを抱《だ》きあげた。あたしは足をじたばたさせて、わめいた。

「痛い！　痛いってば！」

いらいらアナベルは、あたしを部屋から連れだそうとした。あたしは、両手でドアのわくにしがみついた。

「あんたなんか、大きらい！」

アナベルは片手であたしの腰《こし》をつかまえたまま、もう片方の手をのばして、ドアわくからあたしをひきはがした。

あたしはふりむいて、アナベルの腕に服の上から思いきりかみついた。服に血がにじみ、アナベルはあたしを放した。あたしはアナベルの部屋にかけもどり、ドアをバタンとしめた。アナベルは外からドアを押《お》し、あたしはたんすに足をつっぱって、押しかえした。

「あんたの言うことなんか聞くもんか！」

あたしはどなった。そうすればアナベルが怒《おこ》るとわかってたし、じっさい、怒った。アナベルは、力いっぱいドアを押《お》してきた。あたしは、声をあげて笑った。

「あんたがいくら大きくたって、あんたの言うことなんか、ぜったい聞いてやらないんだからね！」

いらいらアナベルが、ぐーっとドアを押しあけ、部屋のなかに入ってきた。あたしはあわてて足もとを立てなおし、ドレッサーのほうに走った。そして、ドレッサーの上にかざってあったものを次々とって、床《ゆか》にたたきつけた。ガラスや陶器《とうき》が粉々に割れて、とびちる。アナベルはいつも、自分のものをこわされるとかんかんになった。

「ボスはあたしよ！　ボスはあたし！」

「オリヴィア！　オリヴィア、お願い。やめて！」

泣きそうな声だ。

「オリヴィア、それはわたしのおばあさんのものだったの。お願いだから――」

大きくふくらんだスカートをはいた、お上品な女の人の、バカみたいな置物。あたしはそれを頭の上に持ちあげた。いらいらアナベルの目をまっすぐ見つめて、あたしは笑った。そして、その置物をバカみたいな木の床にたたきつけた。

ガチャン。

いらいらアナベルの怒《いか》りが爆発《ばくはつ》した。アナベルはあたしの腕《うで》をつかみ、あたしの部屋までひきずっていった。

「大切なものをこわされるのがどんな気持ちか知りたい？　どんな気持ちか、知りたいでしょ？」

アナベルは、あたしが最後にママと会ったときにもらった人形をつかんだ。あたしは金切り声をあげたけど、アナベルは人形を自分の頭の上に高々と持ちあげた。

「これが見える？　この人形はゴミ箱行き。わたしは本気よ、オリヴィア。人のものをあんなふうにあつかっては、だめ」

あたしは、アナベルの目につばを吐《は》きかけた。

「あたしから人形をとりあげるなんて、できないんだからね。まぬけのクズ女」

そして、棚《たな》からアナベルとグレアムに買ってもらったもの――ボードゲーム、ぬいぐるみ、バービー人形たち――を、次々にひっぱりだし、ばらばらにひきちぎった。

まぬけのグレアムが帰ってきたとき、あたしはまだ自分の部屋にいた。「え？」と、グレアムの声がして、アナベルが泣くのが聞こえた。

「けど、タイムアウトは？」

グレアムが言った。少しして、二階に上がってくる足音がした。あたしはふとんを頭まですっぽりかぶって、ベッドにもぐった。グレアムが入ってきて、ベッドに腰《こし》をおろした。

「ずいぶんあばれたようだね、プリンセス」

あたしはふとんをめくって、顔を出した。

「マミーがあたしのお人形をとったの。ほんとのママからもらったお人形よ。もう持ってちゃだめって、マミーが言うの」

まぬけのグレアムは言った。

「わかるよ。だけど、きみのいたずらが過ぎたからだろう？　マミーの大事な置物をこわすなんて、あんまりだ」

あたしは、グレアムから顔をそむけた。

「だって、こわかったんだもん。ぶたれると思ったんだもん。ほんとのママがしてたみたいに」

まぬけのグレアムは、あたしを抱《だ》きしめた。

「ああ、ベイビー……」

「この家では、だれもきみをぶったりしないよ」

「マミーがお人形をとった」

あたしは小さな声で言った。

「わかってるよ、プリンセス。だけど、マミーの言うことはちゃんと聞かないと。マミーはどうしろって言った？」

「タイムアウト」

「だったら、おいで」

まぬけのグレアムはあたしを連れておりると、ソファーにすわらせた。それから、「七分だよ」と言って、あたしの頭のてっぺんにキスをした。

あたしは、かんぺきにおとなしくすわってた。つま先をまっすぐ下に向け、両手をひざの上にそろえて。すわるときには、バレリーナの衣装《いしょう》みたいなひらひらのスカートをきれいに広げておいた。いらいらアナベルのドレッサーの上にあった、小さな女の子の置物みたいに。

「えらかったね、プリンセス！」

きっかり六分半たったところで、グレアムが言った。

「さあ、マミーにごめんなさいを言いにいこう」

いらいらアナベルはキッチンにすわってた。顔には泣いたあとがあって、手には大きなワイングラスを持ってる。あたしは、勝ったと思った。

「なんて言うのかな？」

まぬけのグレアムが言った。

「ごめんなさい、マミー」

あたしは、小さな声であやまった。

「いい子だ」

まぬけのグレアムはテーブルの下に手を入れると、人形を出して、あたしに返してくれた。

「さあ！　もうだれもこのお人形をとったりしないからね。約束する」

あたしは人形をぎゅうっと抱《だ》きしめ、人形の髪《かみ》に顔をうずめた。使ったあとのティーバッグと、くさった野菜のにおいがする。ゴミ箱のにおいだ。

「ありがとう、ダディ」

そう言ったあとで、あたしは勝ちほこった目をアナベルに向けた。だれがボスか、これでわかったでしょって。

殺人鬼《さつじんき》のゾンビ

あたしはハリエットが好き。どうしてそんなに好きか気づくまでに、しばらくかかった。たぶん、妹のヘイリーと暮らしてたときのことを思いだすからだ。ハリエットは八歳《さい》で、ヘイリーと年が近い。ヘイリーは九歳。でも、それ以外にふたりに似たとこはない。ヘイリーは髪《かみ》が金色で、目が青くて、あたしが言われたことをちゃんとやらないのをいやがってた。やらないのはいつもだったけど。ポーリーポケットっていうミニチュアのかわいいドールハウスで遊ぶのが好きで、ピンクのTシャツと、ポケットにハートがついたジーンズを持ってた。ほんと言うと、あたしはヘイリーのことをあんまり知らない。ヘイリーが五歳になってからは、二回しか会ってないから。五歳のときはあたしのことが世界でいちばん好きって言ってたけど、いまはもう自分のパパやママのほうが好きなんだろうな。

でも、ハリエットはあたしを気に入ってる。ハリエットは最高。ちっちゃくて、黒っぽい髪で、すっごくからかいがいがある。あの子はなんでも本気にするから。ハリエットはごっこ遊びが好きで、そのための服をいっぱい持ってる。衣装《いしょう》や小道具を入れた箱があって、学校から帰るとすぐ、妖精《ようせい》の羽をつけたり、かんむりをかぶったり、海賊《かいぞく》のかっこうをしたりする。ほんとバカみたいなんだけど、本人はぜんぜん気にしてない。

ごっこ遊びの次にハリエットが好きなのは、お絵かき。あの子、見た目はちっちゃくて、とってもかわいらしいんだけど、中身はそうじゃない。身の毛もよだつようなぶきみな話が大好き。幽霊《ゆうれい》とか、人食い昆虫《こんちゅう》とか、ゾンビとか。血なまぐさいほど、よろこぶ。ハリエットがかく絵もそう。子犬とか、子ネコとか、ウサちゃんとか、かくんだけど、目玉がぶらーんとたれさがってたり、ほっぺたからぼたぼた血がしたたったりしてる。

ハリエットが自分のかいた絵をプレゼントしたとき、ジムは「なかなかクリエイティブな絵だね」とほめたあと、「でも、社会福祉部《しゃかいふくしぶ》の人には見せないほうがいいかな」と言った。

あたしがこの家にきたとき、ジムはあたしがハリエットに暴力をふるわないか、少し心配してたと思うけど、たたいたりしたことなんか、一度もない。あたしはハリエットが好きなの。小さい子の遊びも好き。ドールハウスで遊ぶのも好きで、なかの家具を一回全部出して、もう一度、どの部屋にもきちんとならべなおしたりした。ハリエットのドールハウスは、大きくてりっぱだった。ジムに作ってもらったんだって。あたしは、どこもかしこもお手本みたいにかんぺきなレイアウトにすることもあったけど、家具を全部さかさまに置いて、パパママ用の部屋からベッドを庭に放りだし、かわりに子どものおもちゃをつめこんで、ママ人形はトイレにつっこんだりすることもあった。

あたしはハリエットといっぱい遊んだ。あの子は、あたしの命令をなんでも聞いた。妖精《ようせい》の羽をつけてもぞもぞ動く、ちっちゃな奴隷《どれい》を手に入れた気がした。ダニエルともよく遊んだけど、ダニエルはあたしと意見が合わないときは、はっきりそう言うし、ハリエットのようになんでも言われたとおりにはしない。

ハリエットはあたしより小さいから、あの子の面倒《めんどう》を見るのはあたしの役目。ふつうはあたしの面倒を見るのがだれかの仕事で、ふつうはそれがみんな下手くそだった。でも、あたしはすごく上手にハリエットの面倒を見れる。あの子はいつでもハッピーな気分でいるわけじゃないと思う。家では楽しそうにしてるけど、学校はあんまり好きじゃないんじゃないかな。ハリエットには仲のいい子がふたりいて、そのふたりはおたがい親友同士って感じで、自分たちの都合がいいときはハリエットがついてまわっても何も言わないけど、そうじゃないときは、あっちへいってとか言ったりする。ふたり組になるときやふたりでならんですわるとき、その子たちはおたがいを選ぶし、ハリエットをのけ者にしてふたりだけでひそひそ話をしたり、笑いあったりしてることもある。

「なんであんな負け犬たちにくっついてんの？」

あたしが聞くと、ハリエットはこまったような顔をして、「だって友だちだから」とかぼそぼそ言う。はあ？って感じ。

あたしがジムの家にきて二か月ほどたったころ、昼休みにサッカーしてたら、ハリエットが例のふたりといるのが見えた。ふたりはハリエットの靴《くつ》の片っぽを持ってて、ハリエットにとられないようにそれを投げあってる。ハリエットは靴をとりかえそうとして、ふたりのあいだをいったりきたりしてる。

「ねえ、あたしのよ！　返して！」

ふたりはおもしろがってけらけら笑ってるけど、ハリエットはいまにも泣きそうだ。アスファルトの地面は、冷たくて、ぬれてて、泥《どろ》だらけ。このゲームは、まんなかのひとりにとっては、ほんとバカみたいな遊びだ。ハリエットは片足でぴょんぴょんして、なんとかソックスをぬらさずにおこうとしてるけど、靴は永遠にとりもどせそうにない。

だれもそれを気にしてる人はいない。先生も、だれも。あたしは、ふたりのうち大きいほうの子に近づいてって、その手から靴をもぎとった。

「ハリエットのだよ！　返してって言ってんのに、なんで返してあげないの？」

「そういう遊びだもん！」と、その子は言った。「いっしょに遊んでるだけだよ！」って。

「この子は楽しんでないみたいよ」

あたしは、ハリエットに靴を返してやった。

「それでも友だちなの？」

その子は気まずそうな、けど、ぬれぎぬでも着せられたような顔をした。もし同じことをあたしに言うやつがいたら、よけいなお世話って言いかえすとこだけど、その子はまだ八歳《さい》だ。

「だって、遊びなんだから……」

その子はまたそう言ったけど、さっきよりちょっと自信なさげな声だ。あたしは言ってやった。

「あんた、すごくやな感じだったよ。ハリエットにやさしくして。でないと、しょうちしないからね！」

そのことがあったあと、あたしは学校でハリエットをずっと見守ってた。ハリエットにいじわるする子がいたら、いってやめさせた。休み時間、ハリエットがあたしのとこにくることもあった。

「オリヴィア、いっしょに遊ぼ！」

あたしは遊ぶこともあったし、遊ばないこともあった。そのときの気分しだい。


アメリア・ダイアーの幽霊《ゆうれい》の話をしてくれたのは、ハリエットだった。あたしはずっと、階段にかけてあるアメリアの写真が好きじゃなかった。写真をこわすか、どこかにかくすかしようと思ったんだけど、写真をはずした壁《かべ》はよけいに気味悪く見えた。まるで、すがたが見えないだけで、アメリアがまだそのへんにいるような感じがした。家のなかをうろついてるのかもしれない。まえにもうひとつの階段で、だれもいないのに足音が聞こえたときみたいに。もしかしたらあれはアメリアで、あたしにとりついてるのかも。あたしは、あわてて写真を壁にもどした。

「あの写真、気味が悪い」

ダニエルとハリエットにそう言うと、ハリエットは「この家にとりついてるんだよ。人を殺すの」と言い、ダニエルは「殺さないよ……ほんとには」と、落ちつかないようすで言った。「幽霊《ゆうれい》がどうやって人を殺すのよ。幽霊って、ただそのへんをうろつきまわってるだけでしょ。ナイフを持つこともできないのに」

あたしが言うと、ハリエットはこう言った。

「バカねえ！　そんなふうに殺すんじゃないのよ。人をすっごくこわがらせるの、そしたら、その人は死ぬのよ。死んだら、幽霊はその人にとりついて、思いどおりに動かすの。あやつって、凶悪《きょうあく》なことをさせるの」

ハリエットは「凶悪」という言葉を、ほかの子が「アイスクリーム」とか「ディズニーランド」とか言うのと同じような調子で言った。ヴァイオレットはよく凶悪なことをしてた。でも、人を殺したことはない。すくなくともあたしがあそこに住んでたときは殺してないけど、それでもあの家はディズニーランドとはまるで正反対の場所だった。

「死んだあとにとりつくって、どうやるの？　ゾンビみたいにしちゃうの？　死んだ人は、それに気づかないの？」

「そんな話、信じるんじゃないよ」と、グレースが言った。グレースはソファーで体をまるめて、メイジーにおっぱいをあげてた。

ダニエルはため息をついた。

「ゾンビなんかいないし、凶悪なことなんて起こってないよ。ただちょっと……この家は縁起《えんぎ》がよくないってだけさ。アメリア・ダイアーがここにとりついてるって話は、いっぱいある。赤ちゃんの泣き声がするとか――ほかにもちっちゃい女の子が――その子が殺されたって話があって――その子がろうかを走る足音が聞こえるとか。ここに住んでた女の人が自殺したって話もある。その人は死ぬまえ、アメリア・ダイアーの声が聞こえるって言ってたらしい。だんなさんやまだ小さい息《むす》子《こ》を殺せって声がさ。それで、コンロのガスを出しっぱなしにして、家じゅうの人を中毒死させようとしたんだけど、だんなさんが目をさましてガスを切ったから、自分だけ死んじゃったんだって。でも、幽霊《ゆうれい》にとりつかれてたわけじゃない。親父《おやじ》はそう言ってたよ。その人は悲しかっただけなんだ。それか、おかしくなっちゃったんだ。両方かもだけど」

「でも、わかんないよ」と、ハリエットが言った。

「アメリアがとりついてたのかもしれないじゃん！　とにかく、その人の話だけじゃないの。ほかにもあるんだよ」

「うん……」と、ダニエルも言った。

「でも、そっちのほうが、もっとくだらないんだ。もうずーっと、ずーっとまえにここに住んでた若い女の人の話でさ、その人はここの使用人だったんだけど、農場で働いてた男を好きになって、妊娠《にんしん》したんだ。それで、結婚《けっこん》してくれって男に頼《たの》んだんだけど、ことわられてね。そのうち子どもが生まれて、その人は仕事をクビになった。だけど、いくあてもなくて、生垣《いけがき》の下で寝起《ねお》きしてるうち、寒くて、子どもが病気になって、でも、どうすることもできなくて。けっきょく、赤んぼうをしめ殺して、この家の玄関《げんかん》に死体を置いて、男へのうらみを書いたメモを残したんだって。でも、その人はアメリアに殺されたんじゃない。赤んぼう殺しで、絞首刑《こうしゅけい》になったんだ。幽霊《ゆうれい》とはぜんぜん関係ない。そのほうがおもしろいから、とりつかれたとか言ってるだけで」

「けど、とりつかれたのかもしれないじゃん」と、またハリエットが言った。

「とにかく、この家で三つも殺人事件が起こったんだよ。殺人事件が三つもあった家なんて、ほかにある?」

「古い家だからな」と、ダニエルは言った。

「それに、自殺した女の人は人殺しじゃないだろ。だんなさんがそれを防いだんだから。ほかの話だって、ほんとかどうかわからないよ。どれもパブのマスターから聞いた話なんだ。その人は、自分の店も頭のおかしな追いはぎの霊にとりつかれてるって言ってた。酒を頼《たの》まずにトイレだけ借りようって客がいたら、その霊に銃《じゅう》で撃《う》たれるんだってさ。みんな作り話じゃないかな」

「そんなことないと思う。ぜったいほんとだと思う!」

ハリエットが言った。でも、あたしは言った。

「ほんとなわけないよ。幽霊なんていないもん。ぜったい!」

だけど、ハリエットとダニエルからアメリアの幽霊の話を聞いたあと、あたしはますます、説明のつかない気味の悪いことに気づくことが多くなった。あたしって、なんでも気づいちゃうタイプなんだ。まだジムの家にきて一か月もたたないころから、グレースのきげんが悪いときとか、いまは読書に没頭《ぼっとう》したい気分だとかを、背中のまるめかたを見ただけで当てられた。ジグザグがほんとに寝《ね》てるときと寝たふりをしてるときも、見分けられる。これもあたしの特殊能力《とくしゅのうりょく》のひとつ。だれかを怒《おこ》らせて、その人がいちばん気にしてるのはなんなのか確かめるときに、すごく役立つ。たとえばそれが、自分が太ってることなのか、自分がいい母親かどうかってことなのか、仕事にどれくらいおくれそうかっていうことなのか。

まぬけのグレアムは、よくこう言ってた。

「オリヴィア、そんなにずっとぼくたちのことを見てなくていいんだよ。ここでは、きみは安全だ！　だれもきみを傷つけたりしない」

でも、けっきょくグレアムはあたしを捨ててリズに押《お》しつけたんだから、あいつがどれだけ信頼《しんらい》できる相手かは、はっきりしてる。あたしはいつも人を観察してる。いつだって。心から安心できると思ったことなんかない。

幽霊話《ゆうれいばなし》を聞いた次の月は、ぜったいメイジーじゃないって言いきれる赤ちゃんの泣き声を三回聞いた。一回目、メイジーはぐっすり寝てた。二回目は、メイジーもグレースも家にいなかった。三回目のとき、ハリエットとあたしは、メイジーと同じ部屋にいた。つみきで塔《とう》を作って、メイジーにこわさせてあげてたの。メイジーは笑ってた。でも、べつの赤ちゃんが、家のなかのべつの場所で泣いてた。

「しっ。ね、聞こえる？」ってハリエットに確かめたんだけど、ハリエットは何も聞こえないって。それでもべつにおどろかない。特殊能力《とくしゅのうりょく》があるあたしだって、集中しないと聞こえないくらいだったんだから。

赤ちゃんだけじゃない。ある晩、あたしは自分の部屋で壁《かべ》にジムの絵をふざけた感じにかいてたんだけど、そのとき、聞こえたの。だれかが外のろうかを走りぬけたような音。小さな、子どもみたいなだれかが。だけど、ダニエルやハリエットの足音じゃないのはわかった。びくっとして、あたしは手をとめ、耳をすました。永遠かと思うくらい長い時間のあとで、足音はもどってきた。足音は、あたしの部屋のまえを通りすぎたとこでとまった。階段をおりようとはしなかったし、どかの部屋に入ろうともしなかった。ただ、とまったの。

あたしはドアをあけて、外をのぞいた。だれもいない。左を見て。右を見て。そしたら、また聞こえたの。足音が、あたしのまえをかけぬけてった。でも足は見えない。走ってる人も見えない。だれもいないの。

ほんものの、正真正銘《しょうしんしょうめい》の幽霊《ゆうれい》。まちがいない。

こわくはなかった。なんでかはわからない。こわいはずなのに。むしろ、あたしは興味しんしんだった。ドアのとこに立って、そのまま長いこと待った。でも、その何かは、もうもどってこなかった。それでドアをしめ、部屋のなかにもどって、窓ガラス一面に黒い足あとをかいた。

過去（が、あたしをつかまえにくる）

弟のジェイミーは、あたしがアイヴィー家にきたときには六歳《さい》になってたけど、赤ちゃんのときからぜんぜん会ってない。すぐに養子にもらわれちゃって、二度と会えないことになったから。あたしたちが保護されて、もう家に帰れないことになったとき、あたしはジェイミーのことを聞きつづけてた。いまはもう、ジェイミーがそばにいないことに慣れちゃった感じ。それでも、ずっとあの子のことを考えてる。

また赤ちゃんと暮らすことになったのは、ふしぎな気分だった。メイジーのことは好きだし、メイジーが楽しそうにしてるとうれしい。「ほらほら、メイジー！」って言ったり、いないいないばあかなんかしてやったりするだけで、けらけら笑いころげてくれるのが、楽しい。あたしが部屋に入ってくと、両手をあげて「だっこして！」みたいにするのも、かわいい。あたしはメイジーをだっこして、歩きまわってあげる。メイジーはよろこぶんだけど、二秒もすると、今度はダニエルに手をのばす。まるで、「わたしがこの世界の女王さま。あんたたちはみんな、わたしのしもべよ」とでも言ってるみたいに。でも、そこもかわいい。メイジーがだれでも自分の言うことを聞いてくれると信じこんでるのも気持ちがいいし、じっさい、だいたいはみんな言うとおりにしてあげてるのも気持ちいい。

いやなのは、メイジーが泣くときに感じる気持ち。しょっちゅう泣くわけじゃないけど、泣くときは大声で泣く。顔をゆがめて、わあわあ、わあわあ、わあわあ。あたしは最初から、それがきらいだった。メイジーが泣くと、自分がだめな子な気がして、こわくて、不安で、たまらなくなる。何か悪いことが起こりそうな、だけどそれが何かわからないような気持ち。

メイジーが泣いてるとき、あたしにできることはなかった。最初はとにかく「やめて！　やめて！」って叫《さけ》ぶしかなくて、そしたらよけいに泣いちゃって、グレースにどなりつけられた。それで、今度は耳をふさいで部屋から逃《に》げだすことにしたけど、そうするとあたしはひとりきりになるから、それはもっといやだった。自分がだめな子な気がして、こわくて、不安で、たまらないときは、だれかといっしょにいたい。

ジムは、あたしをなだめようとした。

「メイジーは赤ちゃんなんだ。もうきげんはなおってるよ。ほら、いっしょに見にいこう」

そして、たいていはジムの言うとおりだった。メイジーは「いま、世界で最悪のことがわたしに起こって、何もかもおしまいなの！」ってモードから、ほんの五秒で「見て見て、クレヨンだよ」ってモードになってる。それでも、まだあたしはこわくてたまらなかった。
ある日の午後、あたしはダニエルとリビングで『X《エックス》－MEN《メン》』を見ていた。グレースはメイジーと遊んでた。学校のとくしんクラスのファイルでおうちを作り、それをメイジーがたおす。グレースは、経済学と歴史の教科書の上に心理学の本をそうっとのせた。メイジーが歴史の教科書をひっぱると、メイジーの頭にバサバサと本が落ちてきた。メイジーはうしろにひっくりかえり、ギャーッと泣きだした。
「その子をだまらせて！」
あたしはどなった。グレースがメイジーを抱《だ》きあげ、上下にゆすったけど、メイジーは顔をゆがめたまま、泣きやまない。

「いますぐ、その子をだまらせな！」

あたしの頭のなかで、だれかのどなり声がした。

ママだ。ジェイミーが泣いてる。あたしには泣きやませることができない。このままじゃ、叱《しか》られる。グレースがメイジーをだっこするみたいにして、あたしはジェイミーを抱いてる。だけど、ジェイミーは重い。だって、あたしはまだ五つで、体もちっちゃい。どうしてジェイミーはこんなふうに泣きつづけるの？　ママに怒《おこ》られるのはあたしだってこと、わからないの？

あたしは、腕《うで》にジェイミーの重みを感じた。赤ちゃんのしめったにおい、こぼれたお酒とママのタバコのにおい。自分がジムの家のリビングにいることはわかってる。だけどそのとき、五歳《さい》のオリヴィアが十一歳のオリヴィアの体のなかによみがえったみたいで、そっちのオリヴィアのほうが、いまのあたしより怒ってて、おびえてて、だから、その子があたしに乗りうつったみたいになった。あたしは泣きたくなって、何かをなぐりたくなった。だれかに――リズに――あたしを抱《だ》きしめて、だいじょうぶだって言ってほしかった。

ジェイミーは――ちがう、メイジーは――まだ、わあわあ泣いてる。ダニエルは、何も耳に入らないみたいに『X《エックス》－MEN《メン》』を見つづけてる。あたしはひざをかかえて床《ゆか》にすわり、ひっしに自分をとりもどそうとしてて、そのとき、とつぜんそれが起こった。あたしは、はげしい怒《いか》りと、邪悪《じゃあく》なものを感じた。何かにビシッと顔をたたかれたような、だけど、じっさいには何も顔に当たってなくて、ただ怒りのかたまりみたいなものが、まっすぐあたしにぶつかってきた感じだった。

それがだれかは、もちろんわかった。あの人。アメリア・ダイアーだ。あたしのことが大きらいだと伝えてきてる。あたしはまるくなって、できるだけ体をちぢめ、ひざに顔をうずめて、お願い、お願い、お願いと、アメリアがどこかに消えさってくれるよう祈《いの》った。

祈るなんて負け犬のすることだ。祈ったって、願いがかなうことはない。

十一番目の家　リンとジョン

グレアムとアナベルの家にいくまえは、リンとジョンって里親のとこにいた。そのまえの里親のヴァイオレットが里子に何をしてたか、やっと気づいた社会福祉部《しゃかいふくしぶ》が、あたしをそっちにうつしたってわけ。養子にしてくれる人をさがしてるって言われたけど、そんなの見つかりっこないってわかってた。

リンとジョンの家では、あんまりうまくいかなかった。ヴァイオレットの家で起こったことのせいで、まだすっかりおびえてたから。こわい夢を何回も見た。おねしょもした。ヴァイオレットの家でのできごとと、ママと暮らしてたときのことが、頭のなかで全部ごっちゃになってた。ママといたときのおそろしい記憶《きおく》が、ずっと忘れてたのに、よみがえってきた――やけどするまで電気コンロに手を押《お》しつけられたこととか、ぬすみ食いした罰《ばつ》にくさった肉を食べさせられたこととか。リンとジョンの家では、あたしはすごく悪い子だった。だって、あたしはものすごくおびえてたから。ふたりがちゃんと食べさせてくれないんじゃないかとか、悪いことをしたらふたりに痛い目にあわされるんじゃないかとか。あたしはリンにひどい言葉をありったけぶつけたし、学校にいかされると、罰《ばつ》として家に帰されるように、思いつくことをなんでもやった。それで、家に帰されたら、二階にかけあがってベッドにかくれた。ジョンがあたしに古いラジオをくれたから、あたしはそれをベッドに持ちこんで、毛布の下で音楽を聞いて、ママのことや、ヴァイオレットのことや、世のなかのこと全部を、忘れようとした。

リンとジョンは、けっこういい人たちだった、と思う。あたしにおてつだいさせたりしなかったし、宿題しろとか言わなかったし、あたしが何かにおびえたときにも怒《おこ》ったりしなかった。あたしはショッピングセンターとか、スーパーとか、ごくふつうの場所で、とつぜんパニックになることがあった。息がすごく速くなって、空気でおぼれかけてるみたいで、このまま死ぬんじゃないかと思った。とにかく、こわくて、こわくて、泣きだしちゃって、全速力でどこかに逃《に》げだしたくなった。そんなとき、ジョンはとてもやさしかった。あたしの横にひざをついて、こんなふうに言ってくれた。

「だいじょうぶだよ、オリヴィア。ぼくがついてる。きみは安全だ。だいじょうぶ」

でも、リンとジョンはあたしのことを好きではなかった。だれもあたしを好きになってはくれない。あたし、リンが電話であたしのこと話してるのを聞いちゃったの。

「覚悟《かくご》はしてたから、おどろくようなことは何も……ただ、疲《つか》れちゃって。すごく手のかかる子なの。それに、あの子の口走るなかには、ほんとひどい話があって！　正直、あの子の母親をしめ殺してやりたい気持ち。やっぱり、人によっては断種手術も必要だと思うわ」

そのあと、相手が話してるみたいで、リンは少しのあいだ、だまってた。

「ううん、わかってる。ただね……あの子、ずっとわたしのことを見てるの。わたしに何かおそろしいことをされるんじゃないかって、警戒《けいかい》してるみたいに。家庭ってほっとできる場所のはずでしょ？　子どもたちがどんなひどい仕打ちを受けたか、あれこれあれこれ聞かされなきゃならない場所じゃない」

そのときはダンシュってなんのことかわからなかったけど、いまは知ってる。その人が子どもを作れないようにすることだ。リンが言ってたのはつまり、あたしのママはすごく悪い人で、だから子どもを作れないようにして、これ以上あたしみたいな悪い子が生まれてこないようにしないといけないってこと。

その話を聞いてから、あたしはあの家で暮らすのがいやになったけど、養子にいくことが決まったってリンから聞いたときも、うれしくはなかった。家族はほしい。でも、今度の家だってあたしをずっとは置いてくれないってわかってたから、新しい家にうつる意味あるのかなって思った。どうせまた、全部ばらばらにこわれてしまうんだから。

花はほほえみ、鳥はうたう

ダニエルとハリエットには家族がたくさんいる。ジムとママだけじゃない（ママはブラジルで暮らしてるんだとわかった。二週間に一度電話をかけてくるし、おもしろいハガキやブラジルのお菓《か》子《し》を送ってくるけど、あたしにはぜんぜん、なんにも送ってこなくて、でもそれはダニエルたちのママがあたしに会ったことがないんだからしかたないってジムは言うけど、あたしにはぜんぜんしかたないって思えない。公平にするために、ジムはあたしにプレゼントをくれるべきだと思うけど、ジムはくれたことがない）。おばあちゃんもふたりいるし、おじいちゃんもふたりいるし、おばさんたちやおじさんたちもいるし、いとこも、またいとこも、またまたいとこも、またまたまたいとこも、パパとママのいとこも、おじいちゃんおばあちゃんのいとこも、だれのいとこかわからないいとこもいる。

あたしには、おじいちゃんもおばあちゃんもいない。いるのかもしれないけど、会ったことない。あたしが里子に出されてるあいだだって、だれも、一回も、会いにきたことがない。あたしにいるのは、ママと（でも、いまどこにいるかはわからない）、ヘイリーと（でも、ぜんぜん会えてない。あたしはヘイリーのパパとママにきらわれてるから）、ジェイミーだけ（でも、どこにいるかは知らないし、いまもジェイミーってよばれてるかどうかもわからない）。

たぶんあたしにも、どこかにもっと家族がいるんだと思う。おじさんとか、おばさんとか、おじいちゃんおばあちゃんとか、もしかしたらパパだっているかもしれない。あたしにもパパがいたことはあったんだけど、役立たずのろくでなしだったって、ママは言ってた。でも、そんなに悪い人じゃないかも。あたしに会ったら、あたしのこと愛してくれるかも。ほかの子のパパが子どもを愛するみたいに。もしかしたら、ほかの家族もみんな、あたしのこと愛してくれるかも。みんなこの五年間ずっといそがしかっただけで――外国にいるかなんかして、あたしたちのこと、だれからも知らされてなかったとかで――いつか社会福祉部《しゃかいふくしぶ》に電話をかけて、あたしを養子にしてくれて、あたしにもほんとの家族ができるかも。ダニエルとハリエットみたいに。

そうじゃないかもしれないけどね。

とにかく、その土曜日はリズと会う予定にはなってなかった。あたしは、ダニエルとハリエットのおばさんの、アビゲイルって人の結婚式《けっこんしき》にいくことになってたから。ハリエットはレースがいっぱいついたピンクのドレスを着て、花嫁《はなよめ》さんにつきそうブライズメイドをやるんだけど、あたしは指輪を持つ係ですらない。結婚式なんか、ぜんぜんいきたくなかった。おもしろくないに決まってる。あたしは、文句を言ったり、ぐずぐず言ったり、あわれっぽくうったえたり、頼《たの》んだりしたけど、ジムはまったく聞く耳持たなかった。

「きみもぼくたち家族の一員なんだから」と、ジムは言った。

「あたしが家族の一員なら、どうしてあたしにもブライズメイドをやらせてくれないの?」

「うーん、それはね、このバカ騒《さわ》ぎの準備が二年近くまえから始まってて、ブライズメイドの衣装《いしょう》も、もう半年もまえにできあがってたからなんだよ。きみがこの家にきたのは、三か月まえのことだからね」

「あたしにもドレス買ってくれたらいいじゃない。ドレスを買うくらい、かんたんでしょ。何時間もかかるわけじゃないし」

「悪いね、オリヴィア。結婚《けっこん》するのがぼくなら、きみをブライズメイドにしてあげるんだけどね」

ふん。それって、めちゃくちゃ不公平。だって、グレースなんか、結婚式に出なくてもいいって言われたんだから。グレースとメイジーは、ロンドンのどっかのバカみたいな大学のオープンキャンパスってのにいくことになってる。

「じゃあ、あたしも大学のオープンキャンパスにいきたいって言ったら?」って、聞いてみたけど、ジムの答えはこう。

「もしきみがロンドン経済大学《けいざいだいがく》から条件つき合格をもらってて、そのことをぼくに言うのを忘れてたっていうなら、いってもいいよ。そうじゃないなら、だめだ」

ハリエットは、ブライズメイドになれるからって、キャーキャー騒《さわ》いでた。結婚式《けっこんしき》の一週間まえからずっと、髪《かみ》どめのこととか、メイクのこととか、リハーサルがどうとか、バカみたいなことを、べらべら、べらべら。それを聞いてると、ハリエットのドレスを細かく切りきざんで、燃やしてやりたくなった。ほんとにやってたかもしれないけど、ドレスはアビゲイルおばさんのところにあった。

あたしはハリエットに言ってやった。

「ブライズメイドなんてバカみたいなもん、どうでもいい！　バカみたいなピンクのドレスを着たあんたは、デブでみっともなく見えるだけよ。ブライズメイドなんて、みんな負け犬みたい。だって、そうでしょ。あんなの、花嫁《はなよめ》の引き立て役でしかないんだから」

ハリエットのくちびるが、ぷるぷるふるえだした。あたしをちらっと見て、ダニエルを見る。

ダニエルはため息をついて、「ちょっとひどいんじゃないか？」と言った。

「ひどくなんかない！　ほんとのことじゃん！　ハリエットは――」

そう言いかけたとき、いつのまにかそばにきたジムが、「そこまでだ」と言って、あたしの腕《うで》をつかんだ。

「こっちにおいで、オリヴィア」

それで、あたしはまたすわらされて、すご－く長い時間、やきもちについてとか、ハリエットのこととか、人に感じよくすることとかについて話をきかなきゃならなくて、そのあと、晩ごはん用にひたすらニンジンを切るおてつだいをさせられた。

結婚式《けっこんしき》の日、あたしはめちゃくちゃきげんが悪かった。アビゲイルおばさんとデイヴィッドおじさんは、ふたりともロンドンでベンチャーキャピタリストってのをやってる。ベンチャーキャピタリストが何する人かは、よくわからない。たぶん何かのアドベンチャーのキャプテンになって、海賊船《かいぞくせん》をつかまえたり、アマゾンの密林に埋《う》めてある宝を掘《ほ》りだしたりするんだ。きっとそんな感じ。だって、ふたりとものすごいお金持ちだから。結婚式もきっとすごくお上品で豪華《ごうか》なんだろう。ダニエルはおとなっぽい緑のシャツを着てる。ジムはスーツだ。あたしは、いらいらアナベルが買ってくれた赤いドレス。七歳《さい》の子が着るようなやつに見える（じっさい、七歳用だった）。それがまだ着れたのは、あたしがすごくちっちゃいから。あたしはハリエットより小さい。ハリエットはあたしより三つも年下なのに。でも、気にしない。ちっちゃく見えるおかげで、いっぱい得してるから。

車に乗って、あたしはまず、わざとうっかりコーラをドレスにこぼした。うちにもどって着がえたいって騒《さわ》いだけど、ジムはそのまま運転をつづけた。わめいて、わめいて、わめきちらしたんだけど、ジムはとまろうとしなかった。

先にハリエットだけ、おばあちゃんの家でおろした。アビゲイルおばさんやほかのブライズメイドといっしょに、髪《かみ》の毛をセットしてもらうことになってたから。ダニエルとハリエットのおばあちゃんが家から出てきて、あたしたちにあいさつしに車までやってきた。

「いらっしゃい！　みんな、すてきね！　なかでお茶でもいかが？」

「せっかくですけど……」

ジムはあたしをちらっと見た。あたしは、知らない人と話すとき用の、最高の顔をしてみせた。

「あたし、いただきたいです。今日は結婚式《けっこんしき》だから、すっごく興奮しちゃって。あの、ブライズメイドのドレス、見せてもらえたりしますか？　お願い、おばあちゃま」

「ええ、ええ、もちろん――」

おばあちゃんが言いかけたのに、ジムは首をふった。

「ぼくは冷酷《れいこく》で変人の父親だからね、答えはノーだ。ほらハリエット、パパにキスして。あとで教会で会おう」

結婚式は二時まで始まらない。それで、ジムはダニエルとあたしを公園に連れてった。クリケットをして、サッカーをして、スケートボードのランプでスケボーをして、ジムはあたしたちをずーっと遊ばせてくれた。結婚式用のおめかしをしてるってのに。

コーラのしみだけじゃなくて、両脚《りょうあし》に泥《どろ》のすじがいっぱいついちゃったけど、ジムは何も言わなかった。そのまま一日じゅう公園で遊んでたかったけど、そろそろお昼を食べなきゃってジムが言った。あたしはそこでちょっとあばれて抵抗《ていこう》したかもだけど、それはジムとダニエルと三人だけですごす時間が楽しかったから。

あたしたちは、公園のカフェでソーセージとフライドポテトを食べた。そうすると、ちょうど結婚式に向かう時間になった。

ダニエルは、いままで何べんも結婚式《けっこんしき》に出てるけど毎回うんざりするって言った。

「結婚式って、おとなたちがだらだら話すのを聞いて、みんなが愛についてのくだらない詩を読むのを聞くだけの会さ。あと、とにかく写真、写真。それと、花嫁《はなよめ》さんにはきれいですねって言わなきゃならない。たとえ、レースをいっぱいくっつけたクジラみたいに見えたとしてもね」

「あたしとダニエルはここでスケボーやってちゃだめ？」

あたしは、ジムに聞いてみた。ダニエルも「いいよ」と言ってほしそうな顔をしてたけど、ジムはがんこだった。

「だめだ！　それと、ケーキがほしけりゃ──ぎょうぎよくしてろ！」

結婚式は、思ってた以上にたいくつだった。最初は教会のいすに長ーいことすわって、ただ待ってるだけだったし。それで、やっとアビゲイルおばさんが通路にあらわれると、みんな感心したように「おおお」とか言うの。なんで？　アビゲイルおばさんは太ってみっともなくて、ウエディングドレスがきつきつで、あまったお肉がドレスからはみだしてる。ハリエットのブライズメイドのドレスはピンクで、ひらひらしてて、バカみたいだった。

だれかが詩を読んで、それから讃美歌《さんびか》が始まって、あたしはそれに合わせて目のまえの長いすをゴンゴンけった。年とった男の人がふりむいて、あたしをぎろっとにらんだ。べーっと舌を出してやったら、びっくりしたみたい。ざまあみろ！

ダニエルもやっぱりたいくつそうだった。あたしはダニエルをつついて言った。

「指ずもうしない？」

ダニエルはジムを見た。ジムは「見てないふりをしてるから、どっかいってくれ」って顔だ。

「いいよ」と、ダニエルは言った。

あたしたちは指ずもうを四回戦やって、最初はそうっとやってたんだけど、最後はダニエルがあたしの腕《うで》をぐいっとひねったから、あたしは長いすから転げおちて、棚《たな》にぶつかって、棚から讃美《さんび》歌《か》の本がバサバサ床《ゆか》に落ちた。大きなぼうしをかぶった人が何人かふりむいて、「シイイイイ！」と、すっごく大きな音を立てた。

あたしはむっとして、「そっちこそ、シイイイでしょ！」と、言いかえした。

「あんたたちのシイイイだって、あたしたちと変わんないくらいうるさいよ！　そんなにみんなでシイイイって言ったら、ほかの人はなんにも聞こえなくなるでしょ！」

「わかった、わかった」

ジムがあたしの腕に手を置いた。

「オリヴィア、落ちついて」

まったく。あたしはいすにすわると、腕組みをして、おしりが落っこちそうになるくらい、ずずっとまえに体をすべらせた。ダニエルは、あたしのやってることを見て、自分もまねした。あたしはおしりをもっとまえにやった。ダニエルも。あたしはもう、ひじだけでいすに乗ってる。ダニエルはもっとまえに出て、どすっと床《ゆか》にしりもちをついた。

「おまえたち！　ぎょうぎよくしろ！」

ジムに叱《しか》られた。

「いまのはダニエルだよ！」

あたしが金切り声をあげたとき、「みなさま、ご起立ください」と、いちばんまえにいたドレスの女の人が言って、みんな立ちあがり、讃美歌《さんびか》の本をひらいた。

「歌の時間だ！　あたし、歌は好き！　あんたもでしょ、ダニエル？　何歌うの？」

それは「リパブリック讃歌《さんか》」って歌だった。ダニエルがあたしを見て、あたしもダニエルを見た。あたしたちはクスクス笑った。

「リパブリック讃歌」なら知ってる。ダニエルも知ってる。だって、学校で習ったから。男子はそれのへんてこな替え歌《かえうた》を作って、校庭で歌ってた。ダニエルがあたしと同じことを考えてるのがわかった。オルガンが鳴り、みんなが歌いだしたとき、あたしたちも口をあけて、歌いはじめたから。

ほかのみんなが歌ってたのは、こう。

かがやける主は　来たりたもう
怒《いか》りのぶどうを　ふみつぶし
運命《さだめ》の剣《つるぎ》　光放ち

真理は進む

あたしとダニエルが歌ったのは、こう。

学校が焼ける　さあ逃《に》げだそう
みかんもぶどうも　ふみつぶし
校長先生も　はりたおせ
学校が燃える

まわりの人が、じろっとあたしたちを見た。ジムはあたしたちのひじをつかむと、外のポーチにひっぱっていった。

「ぼくが言ったことを、おぼえてるか?」

ジムが言った。

「あたしが言ったこと、おぼえてる?」

あたしは、そのまんま言いかえしてやった。

「だから、あたしたちに外でスケボーさせとけばよかったのよ!」

「ふたりとも、あそこにすわりなさい」

ジムはベンチを指さした。

「いいか、ぎょうぎよくだぞ」

あたしたちは言われた場所にすわった。ふたりとも、まだ笑いだしそうなのをこらえてる。ジムは向かい側のベンチに腰《こし》をおろして、こわい顔をした。それからたっぷり十秒近くは、三人ともだまってすわってた。けど、そこでダニエルがハミングを始めた。あたしもまねした。ジムはそっぽを向いた。笑いそうなのをこらえてるんだ。教会のなかでは、みんなまだ歌ってる。あたしたちは口をあけて、「栄《は》えあれ、ハレルヤ」のところから、三人で歌いだした。

先生がぼくをたたくや
ぼくも先生なぐるや
先生はぶったおれるや
もう授業はできない、ない、ない

最高。あたしと、ダニエルと、ジム。おバカトリオじゃんね。

さあ目をとじて、かわいい子

でも、ジムの家にはアメリア・ダイアーがいる。最悪なのは、夜にアメリアがいることだ。

あたしは、まえからずっと夜がきらい。夜はいちばん危険な時間だ。ほかの人がみんな寝《ね》ちゃって、自分ひとりだけになるから。あたしは寝るのがきらい。もしあたしが神様なら、人間を眠《ねむ》らせたりしない。何があるかわからないから。フェアフィールズの大きい子たちみたいな悪いやつが部屋に入ってきて、何かぬすんでくかもしれないし、いい人たちが自分を置いて出てっちゃうかもしれなくて（あたしのママは、よくあたしたちを置いて出てった）、なのに、朝までそれに気づきもしないかもしれないから。

でも、あたしはちがう。あたしは目をさます。いつだって目をさます。あたしは、寝ても朝まで起きないなんてことはない。リズの家でも、一度もそんなことはなかった。

アメリアがくるようになったのは、あたしがジムの家で暮らすようになってしばらくたってからのこと。なんでかは、よくわからない。あたしのこと観察して、どういう人間か確かめてたのかも。ほかの人のことはつけまわしたりしてないんだから。

最初はただ、あたしがほかの人の気づかないことに気づいちゃうだけかと思ってた。みんなは、あたしみたいになんでも気づくような特殊能力《とくしゅのうりょく》を持ってないから。だけど、アメリアが本格的にあたしをつけまわすようになると、それが原因じゃないとわかってきた。だって、ありえないから。耳が聞こえなくて、目も見えなくて、死んでるんじゃなかったら、だれだって気づくはず。だから、あたし自身に関係あるのかもって考えた。たとえば、アメリアには何か邪悪《じゃあく》な目的があって、それをやりとげるためにあたしを必要としてるとか。でもさ、アメリアに邪悪な目的がほんとにあるんだとして、だったら、それを言えばいいだけじゃない？　足音を聞かせたり、あやしいにおいをかがせたり、ぬーっと邪悪なすがたを見せたりしなくてもよくない？　あたしの部屋の壁《かべ》に、血文字で「みな殺しにしろ」って書いてくれたほうが、よっぽどわかりやすい。

アメリアが本格的にあたしにつきまといはじめた最初の晩、あたしはいつものように目をさまし、まず耳をすました。何か音はしない？　だれかそこにいる？　危険はない？

あたしは横になったまま耳をすまし、そして、音に気づいた。また赤ちゃんだ。でも、今日は泣いてない。のどを鳴らすような、しめった音だけ。赤ちゃんが――ひとりでほったらかしにされてるときの赤ちゃんが立てるような声。悲しそうってわけじゃなくて、ひとりでおしゃべりしてるみたいな。

それは部屋のなかから聞こえた。

あたしは起きあがり、耳をすました。息を殺し、じっと待ってると、また聞こえた。「アー！」っていう、赤ちゃんの声。ぞっとした。よく見えないけど、ドアがしまってるのはわかるし、床《ゆか》の上にも赤ちゃんのすがたはない。

あたしはベッドの上であとずさりして、できるだけ赤ちゃんの声から離《はな》れようとした。部屋から逃《に》げだして、ジムかダニエルか、だれでもいいから、あったかくて生きてる人間のとこへいきたい。だけどそのためには、なんだかわからないけど赤ちゃんの声を立ててるやつのまえを通らないといけないし、そいつには一ミリも近づきたくなかった。大声をあげようとしたけど、口が言うことを聞かない。「助けて」って言おうとしたけど、「たす――」までしか言えなかった。特殊能力《とくしゅのうりょく》を持っただれかがいたとしても、聞こえないくらい、かすかな声。

どれだけ時間がたったかわからないけど、あたしはそこにすわったまま、ずっと耳をすましてた。ものすごくこわかった。このまま死んじゃいそうな気もしてきた。あたしは、ヴァイオレットの家にいたときにやってたことを始めた。頭のなかで何かをくりかえし唱えるの。何回も、何回も、何回も。ヴァイオレットに冷たい水をかけられてることを忘れようとしたときとか、部屋のすみに片足で立たされてることを忘れようとしたときとか、ほかにもいろんなことを忘れようとするときに、してたように。

つむじまがりのメアリーさん
お庭のようすはいかがです
銀の鈴《すず》に貝のから
きれいなじょうちゃんもならんでる
つむじまがりのメアリーさん
お庭のようすはいかがです
……

ほんとバカみたいな歌。だけど、くりかえすことに集中してれば、考えないですむ。部屋のなかにいる赤んぼうのことを。次に何が起こるかってことを。
そのとき、ドアがあいた。
ギィイイ……と、ものすごくゆっくり。あたしは恐怖《きょうふ》に凍《こお》りつきながら、それを見てた。ドアの向こうにいるのがジムじゃないのはわかった。それは、わかってた。ジムなら足音が聞こえるはずだし、聞こえなかった。だれの足音も聞こえなかった。

これは終わりのない歌だよ

どこまでもつづいてく
歌ってみても何がなんだか
だけどみんな歌いつづける
なぜかといえばね——
これは終わりのない歌だよ

……

ドアがあいてる。何かそこにいる。昔、密航者《みっこうしゃ》が沖《おき》の船に合図を送るのに使ってたような、大きなカンテラをかかげてる。でも、カンテラを持つ手は見えなくて、その手の持ち主も見えなくて、カンテラだけが闇《やみ》のなかに浮《う》かんでる。それを持つ人は、だれもいないのに。だれかが、大きくて重たい足で、部屋のなかを歩いてる。ギィ、ギィ、と床板《ゆかいた》を鳴らしながら。女の人があたしに近づいてくる。きっと、あたしを——。

足音がとまった。ベッドからちょうど腕《うで》一本ぶんくらい離《はな》れたところで。ギィッとまた床板を鳴らして、見えないだれかが、赤んぼうを床から抱《だ》きあげた。赤ちゃんの、のどが鳴った。それから——背中がぞくっとした——見えないだれかは、歌いはじめた。

おやすみ　わたしのいとしい子

さあ、そのかわいい目をとじて

女の人の声だ。年とった、しゃがれ声。タバコの吸いすぎでつぶしたような。アメリアだ。あたしにはわかる。

天使たちが　お空から
あなたをそっと　見つめてる

こわかった、その声が。その人のなかで憎《にく》しみが燃えてるのを感じた。小さいころにママから感じたような憎しみが。その人はその赤ちゃんを憎んでる。あたしには危険な人物がわかる。アメリアはまさに危険だった。体が大きくて、年とってて、いじわる。そして、怒《いか》りでいっぱい。傷つける相手をさがしてて、その小さな赤ちゃんが標的《ひょうてき》になってる。

お月さまは　かがやいて
星たちも　顔を出す
さあ、小さい子は　もう寝《ね》る時間

あたしは自分の体を離《はな》れた。行き先はわからない。どこか遠くへ、どこか安全なところへ。もどったときには部屋はからっぽで、アメリア・ダイアーはいなくなってた。

解離《かいり》

それは「解離《かいり》」とよばれてる。自分の体から離《はな》れてしまうこと。何か悪いことが起きたとき、あたしは自分をどこか遠くにやる。そうすれば、どんな悪いことだって、あたしを傷つけることはできない。そして、もどってきたときにはもう、その悪いことは終わってる。

それができるようになったのはヴァイオレットの家にいたときで、あそこでは悪いことがいっぱい起きた。自分でそうしようと思ってできることじゃなくて、勝手にそうなる。それが役に立つこともある。けど、ものすごくこわくてたまらないときもある。だって、意識がもどったときに、自分がどこにいるかわからなかったり、いま何が起こったのかわからなかったり、どうしてまわりの人がみんな、頭のおかしい子を見るようにあたしを見てるのかわからなかったりするから。

あたしはそんなふうになるのがいやだった。自分でどうにもならないってのは、最悪の、最悪だから。自分がほかの人をコントロールできないのもいやだけど、自分で自分をコントロールできないって、すごくおそろしい。だけど、体のなかにいたままだと、もっとつらいこともあるから、あたしの頭がそうするのも理解できる。これもあたしの特殊能力《とくしゅのうりょく》みたいなもの。だけど、すごくいやな力。

あたしのバカなセラピストのヘレンにできる数少ないことのひとつが、解離《かいり》への対処だった。ヘレンはあたしの手をとってやさしくさすりながら、落ちついた声であたしに話しかける。あたしがどこにいるか教えて、こわいことは何もないのよって。何度も、何度も。それはリズもうまかった。だけど、あたしは何回も引《ひ》っ越《こ》すから、新しく出あう人たちはそのやりかたを最初から全部おぼえないといけないし、まえの人がその人たちに教えるのを忘れることもあるから、そうなると、その人たちはどうしていいかわからなくなる。

ジムが解離のことを知ってるかどうか、よくわからない。だから、こわかった。何かとてつもなくおそろしいことがいつ起こるかもわからないのに、ジムがどうすればいいか知らなかったら、どうしようって。

ナイフ

次の日、あたしは学校の調理室から、そこにあったいちばん大きなナイフをぬすんで、リュックに入れた。

家にもどって、あたしはナイフを大きなペンケースのなかにかくし、それをベッドわきのキャビネットの引き出しのおくにかくした。

あの女がアメリアだってことはわかってる。危険なやつだってことも。

今度またアメリアがやってきても、用意はできてる。

十番目の家　ヴァイオレット

　あたしがヴァイオレットの家にうつったのは、最初に養子にしてくれたマミーとダディがあたしを捨てたあとのこと。あたしは、七歳《さい》になる少しまえだった。そのとき初めて、あたしはヘイリーと別れて暮らすことになった。あたしはそのことにものすごく怒《おこ》って、担当のソーシャルワーカーにどなりちらした。

「あんたに、あたしとヘイリーをべつべつにする権利なんてないんだからね！　あの子はあたしの妹なんだから！」

　そのときのソーシャルワーカーは、里親の世話になってる大きい子たちとたいして変わらない年に見えた。水色のカーディガンを着て、茶色い髪《かみ》をきっちり耳にかけてた。あたしが大声を出すと、おびえたような顔をする。

「あのね、オリヴィア。ヘイリーにはもうパパとママが――」

「あたしのパパとママでもあるでしょ！」

あたしはどなった。ヘイリーとあたしは、その人たちと長いこといっしょに暮らしてた。あたしはその人たちを、マミー、ダディってよんでた。その人たちは、この先ずーっとあたしたちの親になるんだって、自分で言ってた。

「わかるけど――」と言いかけて、ソーシャルワーカーは少しだまりこみ、それから、こう言った。「でも、そうできなかったのよ――あなたとはこれからもぜひ連絡《れんらく》をとりたいって言ってくださってるわ。だけど……ねえオリヴィア、ヘイリーにとってはいいご家庭でしょ？　ヘイリーのためによろこんであげない？」

「よくなんかない。あいつら、最低よ！」

あたしは、ソーシャルワーカーの顔につばを吐《は》きかけた。あたしをなぐさめるためにくれたチョコレートの茶色いつばが、ソーシャルワーカーの鼻をつたって、子どもっぽいカーディガンの上に落ちた。

でも、いくらわめいても、だめだった。あたしはあの家から連れだされ、ヴァイオレットの家に放りこまれた。

ヴァイオレットは、それまでで最悪の里親だった。あたしは、あの人がきらいだった。大きらいだった。

その家には子どもがたくさんいた。ヴァイオレットのほんとの子どもでティーンエイジャーの子が三人いて、あたしのほかにも里子が三人いた。そんなにたくさんの子どもの面倒《めんどう》を見るのはたいへんでしょうねってみんな言うけど、そんなことない。だって、あたしたちみんな、ふだんからいろいろおてつだいさせられてたし、何も悪いことしなくても、罰《ばつ》としていつも仕事を言いつけられた。その家の里子になったとき、あたしはまだほんとに小さかったんだけど、お皿をふいたり、そうじきをかけたり、部屋のかたづけをしたりしなきゃならなかった。あたしはそこでいちばん小さかった。ほかの子はみんな、ティーンエイジャー。だから、みんながこわかった。あたしが寝《ね》てるあいだに部屋に入ってきて、あたしのたんすにお酒のびんをかくしたり、あたしの足の指のあいだにマッチ棒をはさんで火をつけて、何秒であたしが目をさますか、ためしたりした。いつもなるべく起きてようとがんばるんだけど、どうしても眠《ねむ》っちゃう。あたしはその部屋をもうひとりの子といっしょに使ってたんだけど、その子は、ほかの子が入ってきたときに目をさましてても、あたしを起こしてはくれなかった。ほかの子たちの好きにさせて、その子たちが自分じゃなくあたしにいたずらしてることをよろこんでた。

ヴァイオレットは、助けてくれなかった。ほかの子に何かされたことを話しても、「告げ口屋はきらわれるよ！」って言うだけ。そして、リビングにいってそうじきをかけるよう言われる。

ほんとのママと暮らしてたときは、悪いことをすると、戸棚《とだな》のなかにとじこめられた。ヴァイオレットは、あたしたちを地下室にとじこめた。あの家に引《ひ》っ越《こ》したばかりのころ、ヘイリーに会いたくて、会いたくて、わめいてたら、地下室にとじこめられた。何時間も、何時間も、何時間も。それはそれまでで最悪の体験で、ママにされたどんなことより、もっとひどかった。とにかくまっ暗で、どっちを見てもまっ暗で、ただただ暗くて、息ができない気がしてきて、ヴァイオレットはあたしのこと忘れちゃったんじゃないか、このまま出してもらえなくて、ここで死んじゃうんじゃないかって考えた。あたしは大声で何度も叫《さけ》んで、ドアをドンドンたたいた。しまいには手から血が出たけど、ヴァイオレットは出してくれなかった。

あたしをシャワーの下に立たせて、こごえそうなくらい冷たい水をあたしにかけつづけるよう、ほかの子に命令したりもした。部屋のすみっこに片足で立ってろと言われることもあった。壁《かべ》に手をついたり足をおろしたりしたら、そのぶん長く立ってなきゃならない。ヴァイオレットが自分の子どもとテーブルのとこにすわって笑ってるあいだ、あたしはじっと立ってないといけなかった。

里親の家でたくさんの子どもと暮らしたのも、ヴァイオレットのとこが初めてで、それはいやなことだらけだった。ぬすみ食いができないよう、冷蔵庫やキッチンの戸棚《とだな》全部にかぎがかけてあるのも、いやだった。何か必要なものがあるとき、自分が一番にほしいって子があたし以外にいつも四、五人いて、けっきょく、半分くらいはあたしのことなんか忘れられてしまうのが、いやだった。いちばん年下ってのも、ほんとにいやだった。ほかの子がたいくつしたとき、みんなあたしをからかって遊ぶから。ヴァイオレットの家にいたとき、あたしはいつもびくびくしてた。逃《に》げだしたかったけど、あたしはまだちっちゃかったし、逃げてもすぐ見つかって連れもどされるだけだとわかってた。だから、いい子になるためにあたしにできることは、全部やった。ずっと口をとじたままにして、だれかに何か聞かれたときだけ答えるようにした。かんしゃくを起こしてあばれるのもやめた。それまでは、不安になるといつも怒《おこ》ってたけど、ヴァイオレットの家では、不安な気持ちが大きすぎて、とにかくこわいだけだった。あたしは泣くこともしなかった。泣くと、同じ部屋の子がいらいらして、あたしのおなかを思いきりなぐってだまらせたから。

あたしが自分の体から離《はな》れるようになったのは、ヴァイオレットの家が最初。シャワーの下に立たされ、冷たい水が体をつたって流れおち、すると、あたしはあたしから離れる。体から出て、そこから自分をじっと見てるようなときもある。あたりがまっ暗になるときもある。外に出ずにそのまま体のなかにいて、だけど、すごく遠くにいるような感じがして、悪いことが起きてるのが自分じゃなくてほかのだれかみたいになって、自分では何も感じなくなったりする。初めはうれしかった。でも、そのうち、こわくなってきた。だって、それが学校で起こるかもしれないし、そうじをかけるとかしてなきゃいけないときになるかもしれないし、だけどそれを自分でとめることはできないから。

あたしは、七歳《さい》になる夏から次の春の半分くらいまでを、ヴァイオレットの家ですごした。そこまでだったのは、ついに大きい子のひとりが携帯電話《けいたいでんわ》を手に入れて、それでヴァイオレットがその子を地下室にとじこめてるとこを、動画にとったから。

それでやっと、あたしたちはあの家から出られた。

オリヴィアのベッドタイム大戦争

一度あらわれたあと、アメリアはあたしの部屋に毎晩のようにやってくるようになった。最初は一日か二日おきだったけど、それでもじゅうぶん、おそろしかった。

もちろん、あたしも闘《たたか》った。あたしはいつだって闘う。ジムはそれを「オリヴィアのベッドタイム大戦争」って名づけた。ダニエルはそれを「オリヴィアの大女優《だいじょゆう》タイム」ってよんだ。でも、一回だけ。鼻をぶんなぐってやろうとしたら、言うのをやめた。

あたしはそれを「全力サバイバル作戦」ってよぶことにした。

まず、ベッドにいくのを拒否《きょひ》する。頭が痛いとか、部屋にクモがいるとか言って。

「あそこ！　ほら、あそこだよ！　見えないの？」

ほかにも、宿題があるのを忘れてたとか、すごく大事でどうしても必要なものが見あたらなくて、いますぐ見つけないといけないとか。あたしのパジャマがなぜか全部どっかに消えちゃって、それでジムが自分のTシャツを貸してくれたら、それも消えちゃうとか。ジムはたぶん、五十本は歯ブラシを買うはめになったんじゃないかな。あたしが泥《どろ》んこのなかに落っことしたり、コンポストの底につっこんだりしてばかりいたから。あたしのだけじゃなくて、み一んなのを。そうすれば、虫歯になっても、それは自分がバカな失敗をしたせいだってあたしに言うだけじゃすまなくなるから。とうとうジムは、歯ブラシをかぎのかかるとこにしまって、使うとき、ひとりひとりに手わたすことにした。まるで、ぺろぺろキャンディーを一本ずつ配るみたいに。どっちみち、あたしは歯みがきなんかしなかったけどね。服も着がえようとしなかった。あたしは、わざとベッドでおもらししたりもした。そうすれば、シーツをかえなきゃいけなくなるから。明かりが消されるとすぐ、金切り声をあげた。ひたすら叫《さけ》びつづけてると、しまいにメイジーが起きてぐずりだし、グレースが「いますぐだまりな、このくそガキ！」ってあたしをどなりつけた。

あたしは、どなられたってぜんぜん平気。寝《ね》なくてよくなるんだったら、自分の部屋をぼろぼろのずたずたにしたってかまわない。だけど最初にそうしようとしたとき、ジムはドアをしめてあたしを部屋に置き去りにしたし、ひとりぼっちになるってのはあたしにとって最悪の最悪だったの、アメリアがあらわれるようになってからは。

とにかく大事なのは、ジムにどこにもいかないでいっしょにいてもらうこと。もっといいのは、寝なくていいことだけど。

あたしは眠《ねむ》らなくてもいい。おとなは夜の半分は起きて、お酒を飲んだり、テレビを見たり、キスしたりしてる。おとながしていいなら、あたしだってそうしたい。

ジムはあたしに言いきかせようとした。何度も、何度も。あたしはほんとのことも話した。クモとか頭痛とか、でまかせ言ってもうまくいかないとわかって。

あたしは、みんなにほんとのことを言った。でも、だれも信じてくれなかった。まあ、ハリエットは信じてくれたけどね。でも、ハリエットだけ。セラピストのヘレンは、全部あたしの作り話だと思った。ダニエルはとくにどうとか言わなかったけど、「幽霊《ゆうれい》なんて存在しないよ、オリヴィア」って顔をしてた。リズなんか笑ったの。ほんとに、げらげら。

「まあ、古い家だからね！　夜におかしな音くらいするわよ。古い家なんて、みんなそうよ」

「ただの音じゃないの。幽霊よ。夜にあたしの部屋に入ってきて、歌をうたうの」

「悪い夢でも見たんじゃない？」

そんなこと言われて、あたしはパンチしてやりたくなった。リズといっしょに住んでたころにあたしがよくくだらないうそをついたからって、あたしの言うこと信じないなんて！　正真正銘《しょうしんしょうめい》、ほんもののヴィクトリア時代の殺人鬼《さつじんき》が、墓場《はかば》からよみがえって、あたしをつかまえにきてるっていうのに！

「夢なんかじゃない。ちがうの。ほんものの幽霊」

あたしが言うと、リズはため息をついた。

「いい、オリヴィア？　あなたはときどき、何がほんとで何がほんとでないか、わからなくなる。

あなたのママがうちに乗りこんできて、あなたをさらってくって思ってたことがあったの、おぼえてる？　あれと同じよ。スイミングのおむかえの時間にわたしがおくれちゃったとき、わたしがもうあなたの里親でいるのがいやになって、あなたを捨てようとしてるって思いこんだこともあったわよね。そうなるかもって気がしたからって、ほんとにそうなるわけじゃないのよ。思いだした？」

でも、アメリアはそういうのとはちがう。アメリアは、ほんとにいる。おとなたちのなかでいちばんまともに話を聞いてくれたのは、ジムだった。

「アメリアがあたしのところへくるの」

どうして寝《ね》にいくのがいやなのかと最初に聞かれたとき、あたしはそう答えた。

「アメリアは邪悪《じゃあく》なの。どうしてあたしにつきまとうのかわからないけど、たぶん、あたしにとりついて、何かおそろしいことをさせようとしてる。アメリアがいままでやってきたように。アメリアはあたしのことがきらいなの」

ジムはまばたきもしないで、聞いてた。

「わかった。じゃあ、ぼくはどうしたらいい？」

「ジムの部屋で寝たい。ダニエルの部屋でもいい。ひとりで寝るのはいや」

「おれはやだよ！」と、ダニエルは言った。

ジムは両目をごしごしやって、こう言った。

「ぼくの部屋で寝《ね》るというのは、むりだ。そういうルールになってるのは、知ってるだろ？　残念だけど、社会福祉部《しゃかいふくしぶ》がその点を曲げることはない。それと、きみとダニエルがうまくいってるのはとてもよろこばしいことなんだが、ダニエルにもひとりの時間が必要だ。だいたい、あの部屋はふたりで使うにはせますぎるんじゃないか？」

「二段ベッドにすればいいじゃない！　あたし、机なんかいらないし！　服はたんすの上に積んどけばいい。どうせそんなに持ってないんだから」

「やだよ！　ぜったい、やだからね、父さん」

ダニエルが言うと、ジムもそれにうなずいた。

「むりだよ、オリヴィア。それはやらない。でも、いっしょに考えよう。何かほかに、ぼくにできることはないのか？」

「じゃあ、ここから引《ひ》っ越《こ》しして」

期待をこめて言ってみたけど、やっぱりそれもだめだった。


「やだーっ！」

毎晩、毎晩、あたしは大声をあげた。ソファーの上でぴょんぴょんはねて、できるだけ高くとびあがりながら、叫《さけ》んだ。

「やだーっ！　やだーっ！」

ハリエットは「パパ……」と、ちっちゃな声で言って、ちっちゃい子みたいに、ジムの手をぎゅっとにぎった。

「メイジーを起こしちゃうまえに、この子をだまらせてよ」と、グレースは言った。

ジムはため息をついて、片手で自分の顔をなでおろした。皮膚《ひふ》がひっぱられて、その顔は年とったようにも、疲《つか》れたようにも見える。

「家に子どもがいるのはいいもんだって？　リズ先生はこれをちゃんとわかって言ってるのかね」

ジムはぼそぼそと、ひとりごとを言った。あたしに聞こえてないと思ってるみたい。あたしになんでも聞こえる特殊能力《とくしゅのうりょく》があるのを、知らないんだ。胃がきゅっとなって、吐《は》きそうな気分になった。リズは疲れた顔なんかしなかったし、お手あげ状態になることもなかった。それもリズのすごくいいとこのひとつ。

ジムはあたしなんていらないんだ。あたしにはわかる。

あたしはジムの顔につばを吐きかけた。

でも、ずっと大声を出してれば、ジムはあたしのそばを離《はな》れられない。

けっきょく、あたしたちはおたがいにちょっと歩みよることにした。ジムはハリエットを寝《ね》かせたあとで、あたしを寝かしつけてくれることになった。ジムはあたしに歯みがきさせることにも成功した。すごくずるい、リズみたいなやりかたで。ジムは言ったの。歯みがきしないならそれでもいいけど、歯を大事にしないなら、あまいものはやれないって。そう言いながら一週間、毎晩、デザートにアイスとチョコレートケーキを出したのよ。

リズと暮らしてたとき、暗いのがこわいときにつけるようにって、やさしく光るバットマンのナイトライトを買ってもらった。でもそれは、リズの家を出るときに置いてきた。リズのくれたものは何ひとつ持っていきたくなかったし、フェアフィールズでは必要なかったから。あそこでは、部屋のドアの上にガラスがはまってて、そこからひと晩じゅうつけっぱなしになってるろうかの明かりが入ってきた。土曜日にリズがジムの家にくるとき、そのナイトライトを持ってきてくれた。それがあるとちょっとよかったけど、それは夜に自分の部屋にいるときにリズのことを思いだせるからで、リズのことを考えると、いつも気持ちがほっとした。

あたしがベッドに入ったら、ジムがきて、寝《ね》るまでそばにいてくれることになった。最初はただそこにすわってるだけだったけど、あたしが何かしゃべってって言いつづけるのにうんざりして、かわりに本を読んでくれるようになった。あたしはそれが気に入った。自分がちっちゃい子で、ジムがあたしのパパで、寝るまえにパパが本を読んでくれてるって想像すると、うれしかった。あたしは目をぎゅっとつぶって、自分に言いきかせた。こわいものは何もこない、だってパパがそばにいるんだからって。パパはあたしのこと愛してくれてるんだって。あたしは安全なんだって。夜中に目がさめても、パパはちゃんとそばにいてくれるって。

夜の訪問者

でも、ジムはいってしまう。そして、ジムがいってしまうと、アメリアがやってくる。

今日はこないかな、と思える夜もあった。毎晩あらわれるようになったのは、しばらくたってからのことだから。最初はたぶん、週に二回か三回くらい。でも、くるかこないかは、そのときにならないとわからない。

どんな音も聞きとれるあたしの特殊能力《とくしゅのうりょく》の問題点は、メイジーが起きて泣きだすと、あたしも目がさめてしまうというところだ。あたしは赤ちゃんの泣き声がきらい。メイジーが泣くのもいやだし、気味の悪い赤んぼうの霊《れい》が泣くのもいやだし、いちばんいやなのは、真夜中に聞こえてくる泣き声が、幽霊《ゆうれい》なのか、ほんとの赤ちゃんなのか、わからないとき。メイジーの——じゃなくて、だれかわからないヴィクトリア時代の赤ちゃんのかもだけど——その声は、あたしの頭のなかで、弟のジェイミーの泣き声とごっちゃになった。ジェイミーもよくそんなふうに泣いてた。いつまでも、いつまでも。

赤ちゃんが泣くのを聞くと、タイムマシンに乗って、ちっちゃかったときにもどったみたいになる。これもあたしの特殊能力《とくしゅのうりょく》だと思うんだけど、あたしはタイムトラベルができる。でも、この力は能力っていうより、呪《のろ》いみたいなものだ。ピューッと未来とかにいけたりするわけじゃない。あたしの脳ミソは、あたしのいちばんいやな思い出に、なんの前ぶれもなくあたしを一気に連れもどして、あたしにはそれをとめられない。

あたしはベッドに横になったまま、赤ちゃんの泣き声を聞いてる。すると——

あたしは、ほんとのママと暮らしてたあの家にいる。ジェイミーが泣いてる。そして——

おやすみ　わたしのいとしい子
さあ、そのかわいい目をとじて……

アメリアもそこにいる。ジェイミーを抱《だ》いてゆすってる。そして——

次の瞬間《しゅんかん》には、ジムの家にもどってて、こわくて、こわくて、だって、アメリアがあたしの過去にも入りこむことができるなら、どこにいけばあたしは安全なの？　あたしはものすごくメイジーに腹が立った。泣いてることにも、そのせいでアメリアがあらわれたことにも。あたしは心のなかで言った。メイジー、だまって。お願い。お願いだから、だまって。だまらないと、殺すよ。

思いだした。それはママがジェイミーにいつも言ってた言葉。あたしはますますおそろしくなった。あたしは、大きくなったらリズみたいになりたいのに。明るくて強い人に。ママみたいに怒《おこ》ったり、とりみだしたり、悲しんでたりしない人に。

あたしはベッドに起きあがり、耳をすまして、アメリアが近くにいるかいないか、確かめようとした。アメリアのすがたを見たことはない。でも、音や声は聞こえた。それって、目で見るのと同じくらいこわい。アメリアは独特の、すごくいやなにおいがする。タバコと、お酒と、ミルクと、汗と、ほこりと、年寄りのかわいた皮膚《ひふ》のにおい。アメリアは年寄りのにおいがした。体を洗ってない年寄りのにおい。それに、恐怖《きょうふ》のにおいもする。あたしの感じてる恐怖の。

アメリアはベッドに近づいてくる。そして、その手であたしのほおに触《ふ》れる。それだけでもう、あたしは過去にとんじゃって、その手はあたしのママの手になる。ママはいつもそんなふうにあたしのほおをなで、そのあとであたしをぶった。あたしは五歳《さい》で、だけど次には十一歳になってて、ママがそこにいると思ったら、いるのはアメリアで、でも気づくとヴァイオレットの家の地下室にいて、それから急にひとりきりになって、もう全部が頭のなかでぐちゃぐちゃになって、泣きたくなるんだけど、こわくて、叫《さけ》ぶこともできない。

そのあと、あたしはベッドの上にすわったまま、恐怖で半分死んだようになってる。部屋を出るのはこわいけど、部屋のなかにじっとしてるのはもっとこわいから、最後にはベッドをおりて、ろうかを走って、電気をつけにいく。電気がついたら、ジムの部屋にいって、ジムのベッドにもぐりこむ。

ベッドに入ったとき、ジムが目をさましたら、あたしは部屋に帰される。ラッキーなことに、ジムは大きなダブルベッドに寝《ね》てるから、自分の毛布を持ってって、そうっともぐりこめば、ベッドのすみで朝まで気づかれずに眠《ねむ》れる。二回はうまくいった。でも、たいていはジムが目をさまして、あたしを部屋にもどす。ジムが最初にそうしようとしたとき、あたしはわめいて、わめいて、わめいて、めちゃくちゃ大きな声を出したから、うちじゅうの人が起きてしまった。メイジーがぐずりはじめ、グレースが、あたしの頭を切りおとして、粉々にたたきつぶして、ブタのポーク・スクラッチングスのえさにしてやるって、おどしてきた。

どんな時間でも、ジムはベッドのわきについててくれるけど、アメリアがやってきた日はこわくて、まだ夜中なのにもうぜんぜん眠ることはできそうになくて、そうなると、ジムはそこにすわって何章も、何章も、本を読むことになって、あたしは横になってはいるけどすっかり目がさめて、だけど、ジムがきてくれるまえよりはちょっとだけこわくなくなる。ちょっとだけってのは、ジムが一秒でも早く自分のベッドにもどって寝たいと思ってるのがわかるし、そしたら、あたしはアメリアとふたりきりになっちゃうから。

ジムの読む声がとぎれそうになるたび、あたしは叫《さけ》びはじめ、ジムはまた本を手にとる。あたしはジムを自分の思いどおりにできるのがちょっと気分よくて、だけど、ちょっといやな気もして、だって、パパみたいに思ってる人が十一歳《さい》の女の子にいいようにされるなんて、そんなんじゃたぶん、あたしが守ってほしいと思ってるいろんな人たちから、あたしを守ることなんてできないから。そう思うと悲しくなるし、よけいに、あたしはここに長くはいられそうにないって気がしてくる。

ある晩、あたしはぜんぜん眠《ねむ》れなくて、ジムは四時間半それにつきあって、魔法使《まほうつか》いの出てくるバカみたいな本を八章も読んだあと、あたしをリラックスさせようと、リラックス効果のあるＣＤをかけてるうちに、ベッドわきのいすで眠りこんでしまった。

「毎晩、親父《おやじ》を寝《ね》かせないつもり？」

あたしたちだけで朝食のオートミールを用意して、チョコスプレーとマシュマロをトッピングしてるときに、ダニエルが言った。

「そうしないとだめな場合はね」

あたしが答えると、ダニエルは「よかったら、ジグザグを貸してやるよ」って言った。ジグザグはいつもダニエルのベッドで寝てるけど、自分でドアをあけることはできないから、べつの場所で寝るよう説得するのはむずかしくない。

「ネコには霊《れい》が見えるんだぜ。『ディスクワールド』シリーズには、そう書いてある」

「ほんとに？」

それはびっくりだ。

「うん」

ダニエルはチョコスプレーの入れ物をさかさにして、自分のお皿の上で何千回もふったから、何千つぶもチョコがとびだして、オートミールとテーブルの半分がチョコまみれになった。

「あちゃー。なあ、もしジグザグに何か見えたときは、教えろよな」

「見えるよ、きっと」と、あたしは答えた。


あたしは動物が好き。みんないつだって、あたしが動物をいじめると思ってるけど、そんなことしない。動物は、あたしが宿題しないとか、ときどきどうかしたみたいに叫《さけ》びだすとか、うそをつくとか、幽霊《ゆうれい》につきまとわれてるとか、そういうことぜんぜん気にしないから。遊んだげて、ビスケットをあげれば、動物はずっとこっちを好きでいてくれる。

人間もそんなふうにかんたんならいいのに。

ジグザグは、あたしのベッドの端《はし》で、気持ちよさそうにまるくなった。ジムはあたしのとこにきて、一章だけ本を読んでくれた。すごく疲《つか》れてるみたい。

「今夜は起こさないでくれるかな?」と、ジムは言った。

「どうかな」って答えると、ジムはあたしのおでこにキスをして、「頼《たの》んだぞ」って言った。

目がさめたとき、ジムはいなくて、ろうかの明かりも消えてた。ジグザグはあったかくて、ずしっとあたしの足の上に乗ってる。あたしはちょっと体を動かして、ジグザグがまだ起きててニャオと鳴くかどうか、確かめてみた。ダニエルの言うとおりだ。ジグザグといると、気持ちが落ちつく。あたしは目をあけた。部屋は暗いけど、ナイトライトのおかげで、ものが見えるくらいには明るい。あたしは寝《ね》ころんだまま、できるだけじっとして、耳をすました。家のなかのどこかで、赤ちゃんが泣きはじめた。メイジーなのか、ずっと昔の赤ちゃんのだれかなのかは、わからない。メイジーじゃない気がするけど、確信はない。

あたしはベッドに起きあがって、耳をすましながら、アメリアがあらわれるのを待った。何も聞こえない。聞こえるのは赤ちゃんの泣き声だけだけど、その声で全身が緊張《きんちょう》してる。思いきってベッドを出て、明かりをつけにいこうか。でも、動いたら何か起こるかもしれないと思うと、おそろしい。

ジグザグがあたしの脚《あし》の上を歩いてきて、ひざのとこでまるくなった。ジグザグを見てると、ダニエルを思いだして、ほっとする。それはいままで感じたことのない気持ちだった。だれかを好きになる気持ち。あたしはめったに人を好きにならない。ジムの家にくるまで、あたしが好きになったのは、ヘイリーとリズだけだった。でもいまは、ダニエルが好きだし、ハリエットが好きだし、メイジーも、ポーク・スクラッチングスも、ジグザグも好き。それに、ときどきはグレースも好き。きげんのいいときは。それから……うん、ジムのこともちょっと好きかも。ときどきはね。たぶん。

あたしの好きな人たちのことを考えてたら、ちょっと落ちついてきた。あたしはジグザグを抱《だ》きあげ、ダニエルの部屋にいった。ダニエルはあおむけで寝《ね》てて、口が少しあいてる。うすく切ったケーキみたいな細い月の光が、カーテンのすきまから入ってきて、ダニエルの顔に落ちてる。

ダニエルとひとつの部屋にいるだけで、さっきまでより安心できた。あたしはダニエルのベッドに上がり、ダニエルを向こう側に押《お》して、自分の入る場所を作った。ダニエルがうめいた。

「何やってんだよ?」

「ここで寝る」とあたしが言うと、ダニエルは「自分のベッドがあるだろ?」と、文句を言った。

「あっちには邪悪《じゃあく》なやつがいるの」

出てけって言われるかと思ったけど、ダニエルは不満そうな声を出しただけで、寝がえりをうつと、また寝てしまった。

ベッドはふたりで寝るにはせまかったけど、ダニエルといると安心できるから、そんなの平気だった。あたしはそのあとも長いこと起きたまま、アメリアがくるんじゃないかと身がまえてたけど、けっきょくあらわれなかったから、たぶんアメリアよりダニエルのほうが力が強いんだと思う。あたしが幽霊《ゆうれい》を退治するゴーストバスターなら、ダニエルエッセンスを作って売りだす。幽霊屋敷《やしき》に住んでる人たちが、永遠にぶじでいられるように。

九番目の家　マミーとダディ

マミーとダディは、あたしをもう少しで養子にしてくれそうだった、最初の家族。あたしは六歳《さい》で、妹のヘイリーはたったの四歳だった。

養子になるって、すごくすてきなことだと思ってた。最初はね。新しいマミーとダディは、あたしとヘイリーが暮らしてた里親の家まで、あたしたちに会いにやってきた。ふたりはまるまる一週間いて、あたしとヘイリーをテーマパークやボウリングに連れてったり、いっしょにかけぶとんのカバーとか、タオルとか、子ども部屋にかざる絵とかを買いに出かけたりした。それは、すっごく楽しかった。養子になるって、毎日楽しいことをしたり、あたしたちをすばらしい子どもだと思ってる人たちになんでも好きなものを買ってもらえたりすることだと、思ってた。

あたしたちの新しいマミーとダディは、すっごくお金持ちだった。家には寝室《しんしつ》が四つもあった。マミーとダディの部屋と、あたしの部屋と、ヘイリーのと、ふたりのほんとの子どものベンの。ベンはあたしよりふたつ年上で、自分の自転車と、キックボードと、トランポリンと、ニンテンドーのゲーム機と、スケートボードと、ローラースケート、それにレゴを三百個くらい持ってた。

「ここに住んだら、あたしたちもあんなにおもちゃをもらえるの？」と、あたしは聞いた。

で、ほんとに、ほぼほぼそうなった。マミーとダディのお友だちが家にくるとき、みんな、あたしたちにおみやげを持ってきてくれたから。みんな、あたしたちをめちゃくちゃかわいいと思ってた。ヘイリーはもちろんものすごくかわいいし、あたしはかわいいふりをするのがすごくうまかった。あたしはいつも頭を少しかたむけ、まだちゃんとしゃべれないみたいな舌ったらずな言いかたで、「アリガト、オバーチャヤマ」と言ったりした。そのまえの里親のドナは、あたしがそんな言いかたをすると聞こえないふりをしたけど、マミーとダディのお友だちは、すごくかわいいと思ってくれた。あたしは、人にものを買わせる方法をたくさんおぼえた。パントマイムを観《み》にいったときなんか、マミーと、ダディと、おばあちゃまと、なんとかっていうおじさんの全員に、ファミリーサイズのチョコボールをひと袋《ふくろ》ずつ買わせることに成功した。あたしはそれをコートの下にかくして、ショーのあいだじゅう、ヘイリーとふたりで食べてた。そのあと、ふたりとも完全に気持ち悪くなっちゃったけど、それでも食べてよかった。

その家に引《ひ》っ越《こ》したばかりのころは、あたしはとっても、とっても、とーってもいい子にしてた。あたしがほんとはどんなに悪い子かばれたら追いだされると思うと、こわくて、あの人たちが望んでるようなかわいらしいよい子に見えるよう、できることはなんでもやった。あの人たちを

「マミー」「ダディ」ってよんだし、ハグさせたり、キスさせたりもした。寝《ね》るまえのあまったるいおやすみのキスも。ふたりが買ってくれた人形や、バービーや、シルバニアファミリーや、ボードゲームや、全部のページに絵がついてるおはなしの本を、大事にしてるふりもした。おもちゃのことでいうと、あの家族はなんか変だった。あのうちのほんとの子どものベンは、レゴによく似たプレイモービルって人形遊びのセットやアクションフィギュアもいっぱい持ってて、何時間も床《ゆか》の上でそれを動かして、意味わかんないことをしてた。

「ダース・ベイダーの攻撃《こうげき》！　ズーン！　ズズーン！　バットマンが助けにきました！　みんな、バットモービルに乗るんだ！　キュイ――――ン！　やっつけてやる！」

マミーとダディは、それを変だと思うんじゃなくて、かわいいと思ってた。ふたりとも、そういうベンの遊びをいっしょになってやったりするし、みんなで出かけたときなんか、あたしたちにまでさせようとした。

「飛び石から落っこちないよう、気をつけて。でないと、ワニに食べられちゃうよ！」って具合に。

会ったばかりのころは、ふたりがふざけてるだけだってことに気づかなかった。ほんとにワニに食べられちゃうと思って、なんでみんなそんなに楽しそうなのか理解できなかった。ごっこ遊びだとわかって、あたしはめちゃくちゃ腹が立った。だってあたしはヘイリーとあたしの安全を守ることにいっしょうけんめいで、マミーとダディに捨てられないよう、がんばっていい子のふりをしてたし、いつも目を光らせ、耳をすまして、もしふたりがあたしたちをぶとうとしても、不意打ちを食らわなくてすむようにってピリピリしてたんだから。なのにあいつら、ワニだの、ダース・ベイダーだの、よけいな心配をさせて、あたしの時間を無駄《むだ》にするなんて。

ずっといい子のふりをしてるのは、たいへんだった。マミーとダディがほしいのはぜったい、ベンみたいな理想的な子ども。あたしみたいに怒《おこ》ったり失礼な態度をとったりしない子だ。ふたりがバカみたいな人形を買ってくれるたび、あたしをかしこいとか、かわいいとか、すばらしいとか言うたびに、思いだしてしまう。ふたりはまだ気づいてないけど、あたしがほんとはどんなにぶさいくで、悪い子かってことを。怒《いか》りがふつふつわいてきて、おなかのなかでグルグルいって、あたしを内側からむしゃむしゃかじりだす。それがおもてにとびだして、マミーとダディの幸せ家族を食いちらかしたりしないようにするには、あのうちのネコをえんぴつで突《つ》いたり、マミーたちの枕《まくら》にハサミをブスブス刺《さ》したり、マミーたちのお金をびりびりに破いて捨てたりするしかなかった。

マミーとダディのすること全部が、ふたりがほしいのはかわいいよい子で、あたしはそうじゃないってことを思いださせる。あまったるいピンクと白の部屋に、まっ白な家具。一度も読まない本のつまった本棚《ほんだな》。かわいらしい白のドレッサー。あたしは自分の部屋がきらいだった。あたしはそれまでヘイリーとべつべつの部屋で寝《ね》たことがなくて、夜、マミーとダディがあたしたちを寝かしつけて出ていくと、あたしはこっそりヘイリーの部屋へいった。

最初のうち、マミーとダディは、怒ることなんてほとんどなかった。でも、二か月くらいすると、あたしたちにきびしくしはじめた。何もかもこんな感じ。「だめよ。食べ物がほしいときは、だまってとらずに、先に言いなさい」とか（これってバカみたい。だって、ほしいって言っても、「だめ」って言われるだけなんだから）、「だめだめ、お部屋の壁《かべ》に落書きしないで」とか（なんで？あたしの部屋だよ？）、「ベンにあれこれ指図しないで、あの子に自分で決めさせてやりなさい」とか（これってもっとバカみたい。だって、ベンなんて脳細胞《のうさいぼう》が一個もないようなバカで、いつもわけわかんないバカみたいな遊びしか思いつけないし、そもそもベンはお兄ちゃんになったばっかだけど、あたしはずっとお姉ちゃんとしての経験を積んできてたし、ほんとのママの家にいたとき、何して遊ぶかを決めるのは、いつだってあたしだったんだから）。

マミーとダディは、あたしとヘイリーのあいだに割りこもうともしはじめた。それってフェアじゃないよね、ヘイリーはあたしのほんとの妹なんだから。ヘイリーの面倒《めんどう》を見るのはあたしの仕事。なのに、マミーとダディはヘイリーにめろめろで、いつでも世話をやきたがる。髪《かみ》をとかすとか、顔を洗ってやるとか、ヘイリーが泣いたときにハグしてあげるとか。そういうのは全部、あたしの仕事なのに。しかも、ヘイリーもふたりにやってもらうことに慣れてしまった。あの人たちにさせないでってヘイリーに言ったけど、そしたらヘイリーは泣きだしちゃって、それであたしは叱《しか》られて、それってほんとおかしいと思う。だって、もともとはあっちのせいなんだから。

ふたりは命令ばかりした。なんにもあたしの好きなようにさせてくれない。学校にいく日は、みっともない制服を着せられる。セーターがちくちくするのに。それから、まずーい晩ごはんを残さないで食べろって言うし、道を歩くときはマミーかダディと手をつながないといけないし（それまで何年も、バカみたいな道をひとりで歩いてたのに)、「いますぐやりなさい、口ごたえしないで!」って言われたときは、言われたことを言われたようにしないといけなくて、そうしないと、ひとりでソファーにすわらされて、口をきいてもらえなくなる。

だけど、悪いことをしてるって、自分では気づかないこともあった。たとえば、うそとか。あたしのママはいつもうそをついてて、あたしとヘイリーにもうそをつかせた。

警察がきたときは、「ママはいません」って言った。

ママが万引きするあいだ、お店の人の気をそらすために、「ママとはぐれちゃった」って言ったりもした。学校の先生にやけどやあざのことを聞かれたときは、「わかんない」って答えた。

うそをつくとママはすごくよろこんでくれたけど、マミーとダディはいやがった。

マミーとダディに悪い子だって言われると、こわくてたまらなかった。だって、ふたりがあたしのこと捨てる気だってわかったから。こわいとあたしは腹が立ってきて、腹が立つと、何かしないではいられなかった。怒《おこ》るのはやめられなかった。だって、やめられる? それで、あたしはあの人たちのバカみたいなお皿を何枚も割ったり、あの人たちがあまやかしてるバカみたいなネコをけったり、まぬけのベンをなぐって鼻血を出させてやったりしたけど、マミーとダディは「オリヴィア、こんなことしちゃだめ」しか言わないし、あたしはその理由がわからなくて、ぽかんとするだけだった。だって、これがあたしなんだから――自分でもどうにもできないんだから。

怒るのはやめられない。ママに会いたい気持ちもとめられない。ヘイリーが大好きなのも、おねしょしちゃうのも、暗いとこがこわいのも、マミーとダディを好きになれないのも、おなかがすくのも、それでぬすみ食いしちゃうのも、ほかにも、みんながあたしを捨てたくなるようなこと全部、自分ではやめられない。不安になったり怒《おこ》ったりするのは、わざとじゃない。これは、生まれつき。

だから、あたしはだれにもほしがられないの。

家族ごっこ

アイヴィー家で暮らしてて、いいなと思ってることがいろいろあるのに気づいて、あたしはなんていうか、びっくりした。ダニエルとハリエットと友だちになれてよかった。ジムの家にくるまで、友だちらしい友だちはいなかった。あたしにはヘイリーがいたけど、ヘイリーは妹だし。フェアフィールズにいたころ、大きい子たちがあたしを着せかえ人形みたいにして遊んでたけど、あの子たちも友だちじゃない。リズはあたしと気の合いそうな子を何人も紹介《しょうかい》してくれたけど、だれともうまくいかなかった。その子たちは、あたしのことをちょっぴりは好きになってくれたけど、それも少しのあいだだけ。

あたしはダニエルに聞いてみた。

「あんた、あたしの友だちだよね？　そうだよね？」

「そうだよ」

ダニエルは、わかりきったこと聞くなよ、という顔をした。

「あたしの頭がどうかしてるなんて、思ってないよね？」

「おまえの頭はどうかしてるさ！　けど、友だちかどうかは、べつだろ？」

バカなセラピストのヘレンは、あたしからダニエルとハリエットのことを聞いて、ちびりそうになった。まるで、あたしがたったひとりでエイリアンの地球侵略《ちきゅうしんりゃく》を阻止《そし》したかなんかしたみたいに。

「あなた、その子たちが好きなの？」と、ヘレンは言った。

「まさか。あいつら、バカだもん」

あたしはそう答えたけど、それはうそ。ふたりとも好き。

ハリエットは、あたしよりうんと小さいとこが好き。ハリエットのお世話をしてあげるのが好き。だっていままで、あたしのまわりにはあたしの世話をやこうとする人ばかりいたから。ハリエットといると、自分をほんとのあたしより大きく見せたり、強く見せかけたりする必要がないのもいい。ちっちゃい子の遊びをしてても、だれにも何も言われないし。

ハリエットとの遊びでとくに好きだったのは、ひみつ基地作り。農場って、ひみつ基地作りには最高の場所だ。最初は、納屋《なや》で干し草の家を作った。それから、生垣《いけがき》のなかにかくれがを作ることを思いついた。あちこちの生垣に、あたしたちがもぐりこめそうな大きさの穴があったから。それで、ジムが生垣の枝を切るのに使ってる道具を借りてきて、穴を広げて基地にした。

それからちょっとして、今度は中庭に、木箱とか、荷物を運ぶときに台にするパレットとか、板切れとかが転がってることに気がついた。それで、果樹園のリンゴの木にツリーハウスを作りたいと思ったんだけど、やってみると、ツリーハウスはすごくむずかしいことがわかった。枝にくぎを打ちつけるだけでも、どんだけかかったかわからない。床《ゆか》はたいしたことなかった。でも、壁《かべ》はめちゃくちゃたいへんだった。パレットを使うか（ただし、細長いすきまがいくつもあいてるから、そこから風がふきこんでくる）、古い板切れを組みあわせて作るかだけど、板切れは大きさが全部ちがうし、どれも屋根をささえるには弱かった。

ハリエットとあたしがかなづちでくぎを打ってると、ダニエルもかくれが作りに興味がわいたみたいで、「敵をねらい撃《う》ちするのにちょうどいいじゃん」と言って、パレットのすきまから「パン！　パン！　パン！」と、ピストルを撃つまねをした。

「すきまだらけの家なんて、いや！」と、あたしは言った。

ダニエルは、家を組みたてるところをいちばん気に入ってた。ハリエットは家のなかをそれっぽくととのえるのが楽しくて、クッションとか、カーテンとか、おままごとのティーセットとか、ケーキとか、ほかにもあたしたちがほんとにそこに住むとしたら必要そうなものを、全部持ってきた。

あたしがいいなと思ったのは、最後の部分。あたしたちの家がついに完成ってとこが、最高だった。てっぺんに屋根をのせるところが好き。屋根は、木の板のこともあるけど、古いカーテンとか毛布をかけただけのことが多かった。あたしは、壁と天井でかこまれてるってのが、好きだった。

自分が「なか」にいる感じが好き。ここはあたしの家。だれも勝手に入ることはできない。

アイヴィー家で暮らしてみて、ほかにもいいなと思ったのは、とにかく広いってこと。ダニエルとあたしは自転車に乗って、林のなかを走ったり、農場のまわりをぐるーっとまわったりした。ブタを放牧してる丘《おか》を、ボン、ボン、ボン、とはずみながらくだって、しまいにはどっちかが自転車から転げおちたりもした。納屋《なや》のなかとか卓球台《たっきゅうだい》の上とかで、キックボードのわざをいろいろやってみるのも楽しかったし、小川でダムを作ったり、水鉄砲《みずでっぽう》で遊んだり、水をはねとばして川のなかを自転車で走ったりするのもおもしろかったし、干し草置き場のロフトから下に積んである干し草に向かって、「ジェロニモ！」とか「くたばれぇぇ！」とか、そういうバカみたいなことを叫《さけ》びながらとびおりたりするのも、楽しかった。

ダニエルの本を勝手にとってきて読むのも、好きだった。まぬけのグレアムといらいらアナベルは、あたしにいつも本を読ませようとしたけど、あたしはわざと読めないふりをして、ふたりをいらいらさせてやった。だけど、ジムはあたしが本を読んでも読まなくても気にしないから、この家ではそんなことしなくていい。

ダニエルはまんがをいっぱい持ってる。「バットマン」シリーズとか、昔の「ドクター・フー」とか「X《エックス》－MEN《メン》」のシリーズとか。まんが雑誌の「ビーノ」のボックスセットもあったし、「アステリックス」は、棚《たな》の半分くらいもならんでた。ぼっろぼろで、すっごく古いやつ。あれって、ジムが子どものころに読んでたやつじゃないかな。あたしは主人公のアステリックスが大好き。めちゃくちゃ笑える。アステリックスも、相棒の怪力《かいりき》オベリックスも、吟遊詩人《ぎんゆうしじん》のアシュランストゥリックスも、村長のアブララクーシックスも。村長はいつもまるい盾《たて》の上に乗って、その盾を召使《めしつか》いたちにかつがせてる。ハリエットやダニエルとアステリックスごっこをするときは、あたしはアブララクーシックスになってふたりにかついでもらいたいんだけど、ふたりともいやだって言う。あたしはふたりを説得しようとして、そうしたほうがリアルだし、ほんもののアブララクーシックスはあたしよりうんと重いんだから、召使いたちに村長が運べるんならダニエルたちもそうすべきだって言った。ダニエルがアステリックスをやりたいんなら、なおさらそうだって。でも、ハリエットがやりたいのは犬のイデフィックス。だって、犬が好きだから。で、犬は人間をかつがないし、ダニエルも、アステリックスは人間をかついで運んだりしないって言う。それに、だれも敵のローマ人をやりたがらないから、これはちょっとバカみたいな遊びだった。アステリックスごっこをするなら、ぶちのめす相手が必要でしょ。

　ドクター・フーごっこも、うまくいかなかった。ダニエルとあたしは、どっちがドクターをやるかで、もめてばかりいたから。リズは、あたしたちのどっちかが過去からきたドクターをやって、どっちかが未来からきたドクターをやればいいって言うんだけど、ハリエットはいつもモンスターをやらされるのはいやだって言う。それはフェアじゃないって。あの子があたしたちを殺したときは、あたしたちはいつだって新しいドクターに再生するけど、あたしたちがハリエットを殺したときは、殺されて終わりだからね。ハリエットは、ハリエットっていう、ドクターの新しい相棒をやりたいって言うんだけど、そうしたら、ぶっとばす敵がいなくなる。リズがいるときはべつだけど。リズはどんなエイリアンでもやってくれた。声だってなんだって、それっぽい感じで。

ハリエットは、何が現実で何が「ふり」とか「まね」なのか、ごっちゃになってるように見えることがあった。たとえば、ハリエットはいつも、アメリア・ダイアーをごっこ遊びの悪役にする。

「アメリアは、ここで何人も赤ちゃんを殺したんだよ」と、ハリエットは言った。

「赤ちゃん農場をやってたの！　ほんとにやってたんだよ！　死体を見つけた人がいないってだけで。あたし、赤ちゃんはこの庭に埋《う》められてると思う。死体があるかどうか、さがしてみようよ！」

ハリエットは、赤ちゃんたちが埋められた場所について、確信を持ってた。ジムはこの家の歴史が書かれた書類のファイルを持ってて、アメリア・ダイアーがここに住んでた時代も、いまと同じで農場は全部だれかに貸してたらしいってことがわかってる。ここの農場の写真が何枚かあって、麦畑でまぬけづらの若い男たちが鋤《すき》を押《お》してるとこが写ってる。

「畑に赤ちゃんを埋めるのはむりだよ。パパがそう言ってた。だって、麦を掘《ほ》りおこさなきゃならないもん！　動物を飼ってるあたりも、人がたくさん働いてるし、犬やなんかがいる。だから、埋めるなら、あたしは庭だと思うの」

ハリエットはそう言った。あたしは、ジムはただハリエットに人の畑を掘りかえしてほしくないだけだと思う。とはいえ、すじは通ってる気がした。

ジムのファイルには、アメリア・ダイアーの庭をかいた絵の写真も一枚入ってた。その絵は、アメリアのあとにこの家に住んでた女の人がかいたんだって。ハリエットはその絵の写真を長いこと見ながら、アメリアがどこに赤ちゃんたちを埋《う》めたか、割りだそうとした。あやしいのは、庭のいちばん低いところにある気味の悪い花壇《かだん》だということになった。あの古い噴水《ふんすい》のあるとこ。絵のなかでそこだけ、草も花もはえてなかったから。ハリエットは、みんなでそこを掘《ほ》って死体をさがそうって言ったけど、ダニエルもあたしも、そんなことしたくなかった。ダニエルは、この話を何から何までいかれてると思ってたから。あたしは、庭のそのあたりがやっぱりまだこわかったから。そこは、フェアフィールズの庭にあったひみつの場所とちょっと似てる。大きい子たちはその場所でお酒を飲んだり、タバコを吸ったり、ドラッグをやったりしてた。

それに、花壇のあたりにおりるといつも、アメリア・ダイアーに見られてる感じがした。

ダニエルは、あたしやハリエットと遊ぶこともあったけど、家のなかで絵をかいたり本を読んだりしてることもあった。ダニエルはいつも本を読んでる。ほんとの本。絵のないやつ。あたしは、お話は好きだけど、ほんとの本はきらい。なんかテストみたいで、どんな本を読んでるかで点数が決まる感じがするから。ダニエルの点数は高い。「ディスクワールド」シリーズみたいな、おとなの本を読んでるから。でも、あたしは「ウォーリーをさがせ!」みたいな本が好きで、そういうのは、ほぼほぼ0点なの。字がないからね。あたしは0点つけられるのはいや。だから、字だけの本なんかはそもそも読まないことにしてる。そうすれば、点数つけられることもないから。

あたしはこわかった。あたしの好きなこと全部が。だって、この先ずっとはここにいられないってわかってたから。そのことを考えると、腹が立ってきた。何かをすごく好きになって、それがなくなるときのことを気にするのがいやで、そうすると、そんなのぜんぜん気にしてないってふりをするために、何かしないといけなかった。それで、たとえばダニエルが持ってた『アステリックスと村長の戦い』をひきちぎって、破いたページに黒のマーカーで落書きして、放りだしておいたりした。ジムはそれを弁償《べんしょう》するお金をおてつだいでかせげと言って、それから一週間、毎晩あたしにお皿洗いをさせたけど、新しく買った本はぴかぴかの新品で、ダニエルがそれを、むかし父親のものだった、あっちこっちのページの角を折ってあるあの古い本ほど気に入ってないことを、あたしは知ってた。

母親

最後にほんとのママと会ったのは、あたしが最初に養子になる直前のこと。あたしは六歳《さい》だった。ヘイリーとあたしは、児童サービスの小さなオフィスに連れていかれて、そこでママと会った。部屋には机がひとつと低いいすが何個かあって、机には知らない家族の写真がいくつもかざってあった。担当のソーシャルワーカーもいっしょにいた。キャロルとはべつの、もっと年上の人。名前は忘れた。

ママと会ったときのことは、よくおぼえてない。なんかへんな感じがしたってことだけ。ヘイリーもあたしもちょっと緊張《きんちょう》しちゃって、何を言えばいいかわからなかったし、ママもたぶん緊張してたんだと思う。ママはあたしたちにプレゼントをくれた。それは、おぼえてる。ヘイリーにはかわいいピンクのドールハウス、あたしには巻き毛の、バカみたいな安っぽい人形。あたしはヘイリーに嫉妬《しっと》した。ヘイリーがもらったプレゼントのほうが、あたしのよりずっとよかったから。それと、自分がもらった人形を、ちょっとあやしんでもいたのを、おぼえてる。だって、それまでママからプレゼントをもらったことなんてなかったから。ヘイリーはときどきもらってたけど、あたしは一度もない。だから、その人形がほんとにママからのプレゼントなのか、ほかのだれかがくれたものなのか、わからない気がして、目のまえにいるママみたいな人はほんとにあたしのママなのかなとか、この人形は何かの罠《わな》かもしれないとか、考えてた。この人形を好きじゃないって言ったら、感謝の気持ちがないって叱《しか》られるのかな？　好きだと言ったら、次にあたしが何か悪いことをしたとき、この人形をとりあげられてしまうのかな？　それとも、いまのは冗談《じょうだん》だってママが言うかも。この人形はおまえのじゃないって言うのかも。人形はヘイリーにやっちゃって、ヘイリーのおもちゃで遊んだ罰《ばつ》だと言って、あたしをぶつかも。

そのうち、どうしたらいいかわからなくなって、あたしは片手を人形の箱の上に置いたまま、あけることもしないで、あたしはこの人形をきらいじゃなくて好きっていうことでいいのかなとか、考えてた。でも、けっきょく悪いことは何も起きなかった。ママは、あたしよりヘイリーと遊ぶほうに興味があったってだけ。あたしに人形をくれたあと、ママはほぼ完全にあたしを無視した。

母親って、子どもを永遠に愛するものだよね。面倒《めんどう》を見てくれて、こまったときは助けてくれるのが、母親だよね。だけど、あたしのママはそうじゃなかった。あたしたちが養子になったあとも連絡《れんらく》してくれることになってて、手紙や写真を送ってくれるはずだったんだけど、一度も送ってくれなかった。そのとき会ったのが最後で、ママはどこかに消えてしまった。

でも、あたしはママのことを考えつづけてる。いまどこにいるのかな、元気かな、だいじょうぶかなって、考えずにいられない。ママはおとなだけど、いっしょに暮らしてたとき、ママはだいじょうぶじゃないことも多かった。家に食べるものがないこともあったし、電気代がはらえなくて、暖房《だんぼう》が入らないこともよくあった。お酒を飲みすぎて、具合悪くなることもあった。あれから六年たったけど、いまでも、自分にあたたかいベッドがあったり、ちゃんと食事できたりしてるのを、何か悪いことでもしてるように感じてしまう。だって、ママはそうじゃないかもしれないから。もし、ママがどこにいるかわかったら、お金を送ってあげたい。あたしにお金があったらだけど。

ママはあたしに会いたいと思ってくれてるかな。たぶんだけど、遠くにいってしまったあとで、それがまちがいだったってわかって、やっぱりあたしのこと愛してたって気づいたかもしれない。ひとりっきりでさびしがってるかな。それとも、もうあたしたちのほかに子どもがいる？　どこかにあたしの弟か妹がいるのかな。その子たちを愛してるのかな。社会福祉部《しゃかいふくしぶ》に連絡《れんらく》してこないのは、それが理由なのかも。その子たちがママを離《はな》そうとしないからかも。それか、ママはもう死んじゃったのかも。死んでないといいけど。

ブリストルの町にいたとき、プールとか、パントマイムとか、人がたくさんいる場所にいくたびに考えた。このなかにママがいるかもって。女の人の顔をかたっぱしからのぞきこんで、ママかどうか確かめた。ママはあたしを見つけたらどうするだろう。よろこぶ？　いやがる？　あたしをぎゅうっと抱《だ》きしめて、愛してるって言ってくれるとこを想像するときもある。でも、あたしをどなりつけ、おまえは悪魔《あくま》だ、おまえなんか死ねばいいって言うとこや、あたしの腕《うで》をつかんで連れていこうとするところを、想像することもある。そういう想像がいちばんこわい。だけど、やっぱりママをさがしてしまう。あたしはいつも、さがしてる。そしてやっぱり、ママを見つけたいと思ってる。

アメリアと赤ちゃん

ジムの家では、事態はどんどん悪くなっていった。アメリアがくる間隔《かんかく》はどんどん短くなって、くるたびにまえよりおそろしくなった。あたしはずっと警戒《けいかい》してるのに疲《つか》れちゃって、そのせいでいらいらして、ハリエットにどなったり、あんたはバカだとか言ったりするから、ハリエットが泣いちゃって、そのことで怒《おこ》られて、そうすると、ジムも、ハリエットも、たぶんダニエルだって、あたしのことときらいになるんじゃないかと心配になって、いったいいつまでここにいられるかなって考えちゃったりした。

きっと、そんなに長くはいられない。アメリアは何かおそろしいことをして、全部めちゃくちゃにしてしまおうとしてる。アメリアは、完全な悪。あたしのことをきらってるし、メイジーのことはもっと憎《にく》んでる。それはまちがいない。アメリアはいつも、メイジーが泣くとやってくる気がする。ダニエルがあたしに一輪車の乗りかたを教えようとした日みたいに。その日、あたしは一輪車から落ちてばかりいて、だけど、ダニエルはものすごくかんたんそうに乗りまわしてて、あたしはダニエルにどなって、またダニエルのことをバカって言って、それで――

そのとき、メイジーの泣き声がした。グレースがメイジーを車のチャイルドシートに乗せようとしたから。メイジーはチャイルドシートがきらいなの。あたしはその声にぎょっとした。だって、メイジーが中庭にいるって思ってなかったから。あたしは凍《こお》りついた。メイジーの泣き声のなかで動けなくなった。

「やめて！」

あたしは、叫《さけ》んだ。

「だまらないと、その顔をたたきつぶすよ」と、ママが言う。

でも、ジェイミーは泣きやまない。こわくてたまらない。だって、ママは完全に酔《よ》っぱらってて、ほんとにやるかもしれないから……。

「泣くのをやめさせて！」

あたしは叫んだ。あたしは両手をにぎりしめてて、強くにぎりすぎて、関節のとこが白くなってた。

「だまらないと、その子の顔をたたきつぶすよ！　ほんとにやるよ！」

「オリヴィア！」

うしろから、ダニエルの声がした。

「おじょうちゃん、そのぼうやをあたしにおくれ」

アメリアが言う。

あたしのうしろをアメリアが通る。空気が動くのを感じる。すごく近い。手をのばせば、アメリアのスカートに触《ふ》れそうなくらいに。

八番目の家　ドナとクレイグ

ヘイリーが養子になって、あたしが養子になりそびれるまえ、あたしたちはドナとクレイグって里親の家にいた。その家にうつったのはあたしが五歳《さい》のときで、あたしたちはそこに一年近く住んでた。ひとつの場所にそんなに長くいたのは、初めてだった。ママと暮らしてたときを入れてもね。あたしは毎日学校にいかなきゃならなくて、あたしはそれがうれしかった。だって、いけば食べ物をもらえるし、先生たちよりあたしのほうが完全にボスだったから。授業が気に入らなかったら、立ちあがって教室を出てけばいい。先生がとめようとしたら、ありったけの大声でわめいてやる。そしたら、外にいって静かな場所にすわっていられた。算数とか字の練習はしなくていいの。ほんと、最高だった。

ドナは体が大きくて、がさつで、あたしの髪《かみ》をとかすとき、ぐいぐいひっぱったけど、いじわるな人じゃない。ただし、自分にさからうことはゆるさなくて、ドナが「だめ」と言ったことは、ぜったいにだめ。あたしがドナのすねをけったときは、きたない言葉であたしをののしったあと、「ちょっとおじょうさん、おぎょうぎよくできないなら、この家から放りだすよ」って言った。だけど、ドナが自分の子どもたちに何か買うときは、いつだってあたしとヘイリーにも何か買ってくれた。あたしがヘイリーといっしょのベッドで寝《ね》たいと言っても、だめとは言わなかった。初めてあたしのためにバースデーケーキを焼いてくれたのはドナで、おまけに、たんじょう日プレゼントに自転車もくれた。お古のだけど、それでもプレゼントはプレゼントだ。

あたしはずっと、ドナとクレイグの家で暮らすのは短いあいだだけで、それまでどおり、すぐにまたママのところに帰るんだと思ってた。だけどある日、ソーシャルワーカーがきて、あなたたちはもうまえのおうちにはもどらないのよって言った。すてきな家族を見つけてあげるから、そしたらその人たちと暮らすことになるのよって。

「ママはどうなるの？」と、あたしは聞いた。

ドナとクレイグはいい人だけど、ママじゃない。それに、そこはあたしの家じゃなかった。気に入らないことがたくさんあったし、意味がわからないこともいっぱいあった。寝る時間とか、野菜を食べることとか、四か月いっしょに暮らしてもまだ、あたしもヘイリーも一度もぶたれてないこととか。それってつまり、いつぶたれるようになるかわからないってことだし、何がきっかけでぶたれるかも見当がつかないし、だから、そのときがきたらすぐわかるよう、いつでも警戒《けいかい》してなきゃならなかった。弟のジェイミーのことも気になってた。ジェイミーは新しい家族と暮らしてるって聞いたけど、どこにいるのかわからなかったし、その新しい家族がちゃんとジェイミーの面倒《めんどう》を見てくれてるのかもわからなかった。ジェイミーに会いたかった。ママにも会いたかった。ひと晩じゅうヘイリーとおままごとをしたのもなつかしかったし、マクドナルドのハッピーセットもなつかしかった。ママに愛してるって言われたらどんなにうれしかったかも、忘れられなかった。ドナとクレイグの家は、変なにおいがした。自分の家って感じが、ぜんぜんしない。ママのところにもどるのはこわかったけど、ママといれば自分がだれなのかはっきりわかるし、だれもあたしに歯みがきしろとか、きたない言葉を使うなとか、字の読みかたをおぼえなさいとか、言ったりしない。

「あなたのママは、あなたたちの面倒をちゃんと見られないの」と、ソーシャルワーカーは言った。「それで、あなたたちがずっといっしょに暮らせるよいご家庭を、わたしたちがさがすことになったのよ」って。

「ここじゃだめなの?」と、あたしは聞いた。

「ドナとクレイグは、子どもを一時的に預かるだけなの。だから、この先ずっと家族になってくれる人たちを見つけたいと思ってるのよ」

それはうそ。ドナとクレイグにはもう、ずっといっしょに暮らしてく子どもがふたりいる。ひとりはドナたちのほんとの子だけど、もうひとりはルイスっていう自閉症《じへいしょう》の子で、養子だ。ドナとクレイグは、あたしとヘイリーがほしくないだけ。ううん、ほしくないのはあたしだけだったかも。

ヘイリーはあたしよりずっといい子だから。たぶん、ふたりともあたしがきらいだっただけ。それがわかってから、あたしはふたりのことがちょっときらいになった。だって、自分のことをきらってる人たちにあれこれ命令されたり、それなのにそこから逃《に》げだすことができなかったりするのって、いちばんいやなことだから。

「べつにいいけど」って、あたしは言った。「どっちみち、あんな人たちと暮らしたくなんかないから」って。

でも、それはほんとじゃなかった。

火曜日の月

アメリアのことだけでもたいへんなのに、学校にもいかなきゃならない。

学校はたいくつ。ほかの子は勉強してるけど、あたしはしない。一日じゅう、バカみたいなおばさんの言いなりになって、バカみたいな数字をおぼえたりとかしてるやつらの気がしれない。あたしはそんなこと、ぜったいしない。ぶつくさ言ったり、ぐずぐず言ったり、こんなのむずかしすぎるって騒《さわ》いだりしてれば、そのうち、あたしが文句を言うのをやめておとなしくするなら、授業中ずっとお絵かきしてていいってことになる。

ハリエットには、あいかわらずいい友だちができないみたい。あたしはそのことがちょっと心配だった。だって、あたしがいなくなったら、どうするの？　そのことをハリエットに言いきかせようとしたけど、ピンとこないらしい。

「オリヴィアはいなくなったりしないでしょ？　あたしたちとずっといっしょに暮らすんで

しょ?」

「うん、まあ、あんたのパパに追いだされないうちはね。けど、あたしがずっといるんだとしても――そうはならないと思うけど――もうすぐあたしは上の学校にいくことになるし。だから、あの子たちにもうえらそうにさせないようにするか、もっといい友だちを作るか、どっちかしないとだめだよ」

そんなの、あたしに言えたことじゃないんだけどね。あたしと友だちになりたがる子は、ひとりもいない。でも、それはかまわない。あたしに友だちは必要ない。休み時間は男子とサッカーして遊ぶ。あたしはサッカーがうまい。男の子たちは、どんな靴《くつ》をはいてるかとか、どんな雑誌を読んでるかとか、どのバンドが好きかとか、気にしない。大事なのは、まともにボールをけれるかどうか。それだけ。

だけど、あの子たちも、あたしのことが好きなわけじゃない。教室でだれかと組にならなきゃいけないとき、みんなおたがいを選ぶ。あたしを相手に選ぶ子はいない。

でも、気にしない。友だちを作っても、たぶん意味ない。家を変わっても、その家がタクシー代を出してくれるなら転校しないですむ場合もあるけど、ジムの家はすっごくへんぴな場所にあるから、べつの家にうつることになれば学校も変わらなきゃならないのは、わかってる。

ヘレンのバカみたいなセラピーも受けた。セラピーなんて、ほとんど役に立たない。ヘレンはあたしにバカみたいな質問ばかりして、あたしはバカみたいな返事をする。あたしが何をどう考えたって、ヘレンに関係ないじゃん。あたしの気持ちはプライベートなものなんだから。

ヘレンはそれでもだいたい平気なんだけど、あたしの態度があんまり悪いと、たまにだんだんいらいらしてくるのがわかる。あたしがジムの家にきて五か月くらいたったころ、ヘレンを本気でいらいらさせたことがあった。

そのとき、ヘレンはフラッシュバックのことを聞いてきた。あたしがフラッシュバックを起こしてるってジムが話したに決まってる。だって、あたしは言ってないから。それはよくないしるし。ジムがあたしを心配してるってことだから。

「何があったか教えて」と、ヘレンは言った。

「べつに。なんにもないよ。ねえ、お絵かきしていい？」

「だめ。フラッシュバックのことを話して。どんな気持ちだった？」

「ハッピーな感じ。酔《よ》っぱらってるみたい。体がゴムになった感じ。歌に出てくる月男みたい。月に住んでる大酒飲みの月男。火曜でも何曜でもおかまいなしにべろんべろん。火曜日の月男」

ヘレンは大きく息を吸いこんで、「いつもいつもそんなふうにしてて、楽しい？」と聞いた。

あたしは肩《かた》をすくめた。

「楽しいよ」

「ほんとに？　このまえ朝までぐっすり寝《ね》られたのは、いつ？」

「あたしはいま、ヴィクトリア時代の殺人鬼《さつじんき》にとりつかれてるの！」

あたしは大声を出した。

「そのまえはどうだった？」

その質問には答えなかった。答えは「一度もない」だから。

「じゃあ、このまえリラックスできたと感じたのは、いつ？」

「あたしはリラックスしない主義なの」

それはいつか、いらいらアナベルがあたしについて言ってた言葉。アナベルはその言葉を、吐《は》きすてるように言った。

ヘレンがまた聞いた。

「あなたはそんなふうでいたいの？」

あたしはまた、肩《かた》をすくめた。リラックスって言葉は、危険な感じがする。悪いことがすぐうしろにせまってるのに、ビーチでぐっすり眠《ねむ》りこけたりとかしてるせいで気づかないみたいな。

「いつでも何かにおびえていたい？」

またヘレンが聞くから、あたしはどなった。

「いつでもおびえてたりなんかしない！　おびえたことなんか、一度もない！」

ヘレンは、わたしのほうがよくわかってるのよって顔で、あたしを見た。あたしはヘレンをパンチしたくなった。

「あたしは平気！　これがあたしなの。あたしはあたしのまんまがいいの！」

「いまのような生活をつづけたいの？」

落ちついた声で、ヘレンが聞いた。

「いろんな家を転々としていたい？」

あたしは、答える気もしなかった、もちろん、そんなのはいや。でも、みんながあたしを捨ててばかりいるのは、あたしのせいじゃないでしょ？

「ねえオリヴィア、あともう少し自分が安全だと思えるようになったら、ほかの人たちとの関係をもっと楽に作れるようになると思わない？」

「安全だと思えないのは、あたしのせいじゃない！　あたしを放りだすのはいつも、向こうでしょ！」

「うーん」と、ヘレンはうなった。それって、つまりこういうこと。あなたのせいに決まってる、あなたがハリエットのようにかわいらしい、いい子なら、あなたをそばに置いときたいと思うはずよ。

「オリヴィア」と、ヘレンは言った。「あなたは最初からそうだったわけじゃないのよ。あなたのかかえてるいろんな問題――フラッシュバックとか、解離《かいり》とか、ちょっとしたことに過剰《かじょう》に反応してしまったり、ちゃんと眠《ねむ》れなかったりするのは、単に症状《しょうじょう》として出てきてるだけなの。あなたが小さいときに、生活の状況《じょうきょう》に適応するために、体がとったひとつの手段なのよ。自分は安全だと思うためにそれが役に立ったことはわかるし、それが大事だったのもわかる。でもね、オリヴィア、もうそんなものは必要ないの。全部変えられる。ただ、そのための努力をしなくちゃいけないわ。毎週ここにきてわたしをにらんでるだけなら、何も変わらない」

あたしは、ヘレンをにらみつけた。問題？　ちがう。全部、あたしの特殊能力《とくしゅのうりょく》。思いきりヘレンをなぐりつけて、鼻をへし折ってやりたい。だけど、ヘレンが少しは正しいことは、自分でもわかってる気がした。ヘレンはまえにもこういう話しかたをすることがあったけど、ここまではっきり言ったのは初めて。ほんとのこと言うと、あたしには自分の気持ちがよくわからなかった。ハリエットみたいなおバカさんのかわいい女の子に、ほんとにほんとになりたいって気持ちも、少しはあった。でも、それだけじゃなくて——こっちのほうがもっと大きいんだけど——ここでもあたしは安全じゃない、いまもそうだし、これからも安全じゃないって気がしてた。たぶん、おとなになるまでほんとに安全には思えないんじゃないかな。おとなになってもだめかもしれない。だとしたら、リラックスなんかしてられる？

「もし何か特殊能力を手に入れられるとしたら、何がいい？」

その週の土曜日に、あたしはリズに聞いてみた。

「『ドクター・フー』のターディスとソニック・スクリュードライバーでもいいの？」

リズはそう答えたけど、それはズルだ。ドクター・フーの道具は特殊能力じゃない。

ハリエットは、ハリー・ポッターみたいな魔法《まほう》が使えて、メリー・ポピンズみたいに空を飛べたらいいと答えた。どっちかひとつだけって言ったら、じゃあ、魔法にするって。魔法でメリー・ポピンズみたいに飛べるようにできるから。

ダニエルは、空を飛べて、すがたを消すことができて、超人的《ちょうじんてき》に強くなりたいって。

「ひとつじゃないじゃん！　それって三つじゃん！　そんなのずるい！」

あたしがそう言うと、ダニエルは「だったら、だれのどんな願いもかなえる力がほしいな。自分のものもかなえられるやつ」と言った。

グレースは、ハリエットがハリー・ポッターになるなら、自分は神になると言った。

「神様になるのって、特殊能力《とくしゅのうりょく》じゃないでしょ。神様に祈《いの》ったって、なんの効果もないもん」

あたしがそう言うと、グレースは、だったら社会の「キホンテキケイザイキバン」を「ヘンカク」する力がほしい、と言った。

「え、何？　そのキホンナントカって？」

あたしは、聞きかえした。

「金持ちが何もかも持ってるのに貧乏人《びんぼうにん》は何も持ってないってこと。あたしは、金持ちが何十億《おく》ももうけることをできなくして、それでもそんなにかせいだ場合は、そのぶんをお金のない人に分けあたえなきゃならないってふうにしたいの。魔法みたいに金持ちの預金口座からお金をとりだして、それをアムネスティ・インターナショナルかどっかにあげちゃうのよ」

「それって、どろぼうじゃん」

スーパーヒーローはどろぼうしちゃいけないと思う。たぶん。でも、グレースは言った。

「まあね。けど、あたしがやったってことは、だれにもわからない」

「おれに聞けば、わかるよ」と、ダニエルが言った。

「聞かれたら、答えないわけにいかないからね。そうすりゃ、袋《ふくろ》だたきにあうぜ」

「そんなことないよ。あたしが助けたげる」

ハリエットが言った。

けっきょく、まじめに考えてくれたのはジムだけだった。ジムは長いこと考えてから、人を癒《いや》す力がほしいと言った。

「だったら、お医者さんになればよかったのに！　ＩＴコンサルタントじゃなくて！」

あたしがそう言うと、ジムは、医者に治せるようなものを治す医者なら、もういっぱいいるからね、と言った。

「ぼくが癒したいのは、薬やなんかでは治せないものなんだ。悲しんだり、おびえたり、見捨てられたような気持ちになったりしてる人たちを助けたい。その人たちを、本来の自分にもどしてあげたいんだよ」

「はあ？」

あたしは顔をしかめた。何それ、めちゃくちゃキモい！

ジムは、ちょっとさびしそうに笑って、片手をあたしの腰《こし》にまわした。

「じゃあ、スーパー・オリヴィアは、どんな力がほしいんだ？」

「殺人光線」

そう答えたけど、ほんとはちがう。あたしがほしいのは、人にあたしのしてほしいことをさせられる力。そんな力があったら、こうさせるの。ジムとリズは、あたしをほんとの子どもみたいに愛して、あたしを養子にする。ダニエルとハリエットは、あたしのことを好きになって、あたしの言うことをなんでも聞く。文句なんか言わない。ヴァイオレットには、高いがけからサメがうようよいる海にとびこんでもらう。ママは帰ってきて、あたしのことを愛してくれる。ヘイリーやジェイミーみたいにかわいがってくれる。ヘイリーは、新しいパパやママを捨てて、あたしの妹にもどる。それから、だれももう、ぜったい、ぜったい、あたしを傷つけたりしないようにする。

特殊能力《とくしゅのうりょく》としては、あきらかにあたしのがいちばんいいけど、だれかにとられるといけないから、この力の話はしなかった。この力を持てるのは、世界でひとりだけだと思う。だって、ふたり以上の人が同じ人にちがうことをさせようとしたら、どうなる？　たぶん、宇宙がふっとぶ。

自分をだれかに愛させるには

学校は夏休みになった。長い長い休みの始まり。グレースはテストの心配をするのをやめて、テストの結果を心配するようになった。それって、どっちもどっちな感じ。

一週間ほどコーンウォールにキャンプにいくよ、とジムが言った。キャンプについては、ハリエットが全部教えてくれた。みんなは毎年いってるみたいで、そこにはビーチがあって、ディスコがあって、ツノメドリがすんでる島がある。最初、あたしもキャンプにいくのかどうか、わからなかった。だって、里親家族があたしだけショートステイの施設《しせつ》に預けて旅行に出かけるってこともあったから。だけど、あたしもいけるし、グレースとメイジーもいけるみたいだった。でも、キャンプに出かけるまでに、五週間も予定のない夏の日がつづく。

あたしは夏がこわかった。ツノメドリのいる島のことを聞いて、おそろしくなった。それをずっとあたしのものにしておけるはずがないのは、わかってたから。

あたしはずっと、ダニエルとジムを注意深く観察してた。ふたりがまだあたしのことをきらってないかどうか、きらってるとしたらどれくらいきらってるか、確かめたかった。たいくつしたときは、ダニエルの部屋にいって、なんとかダニエルと話をしようとした。たいていダニエルはあたしの相手をしてくれたけど、絵をかいたり本を読んだりしたいとか、気分が乗らないからって、ことわられることもあった。それが、あたしにはたえられなかった。

「ねえ、ダニエル。ダ、ニ、エ、ル。いっしょに自転車乗らない？」

ダニエルは「やだよ」って言って、そのままやりたいことをつづけてる。あたしは、おなかの底のほうに、ひやっとした恐怖《きょうふ》がしみこんでく気がした。

「ねえ、いこうよ。それとも、スケボーがいい？　ＤＶＤを観《み》るのでもいいよ。それか、ふたりでグレースをからかいにいく？　それとも――」

「いまはやらない。本を読んでるんだ」

そう言われると、気分が悪くなって吐《は》きそうになる。

ダニエルはあたしのことをきらいなんだ。やさしいから、はっきりそう言わないだけで。初めから、あたしのことなんか好きじゃなかったんだ。

でも、きらいになってあたりまえ。あたしだって、あたしなんかと暮らしてたら、あたしのことをきらいになる。

あたしはひとりぼっちになるのがきらい。そう言ったよね？　みんなから忘れられた気がしてくるし、腺《せん》ペストかなんかにかかって、ばったりたおれて、そのまま死んじゃうかもしれないって考えたりする。そうなっても、きっとだれも気づいてもくれない。それか、あたしなんかいないほうがだんぜんいいって気がついて、もうあたしと家族でいるのがいやになったりとか、急にあたしを置いて気球旅行に出かけちゃったりとか、船でアフリカにいっちゃうとかするかもしれない。こんなこと言うのはバカみたいとか、思わないでほしい。あたしのママは、どっかに出かけたまま、あたしたちのことを忘れちゃうことが何度もあった。里親家族があたしをショートステイの施設《しせつ》に放りこんで、自分たちだけ旅行に出かけちゃうことだって、何回もあったから。旅行にいくってことを教えてもくれないときもあった。ある日学校から帰ってみたら、お泊《と》まり用の荷物がかばんにつめてあって、ほかのみんなはあたしぬきでディズニーランドにいってたりした。

だから、ダニエルやハリエットがいそがしいときには、あたしはジムについてまわった。ジムはダニエルほどもあたしのこと好きじゃないと思うけど、あたしの父親ということになってるんだから、あたしにやさしくしないといけないはず。

その日、ジムはキッチンで何か切ってた。

「何作ってるの？」と、あたしは聞いた。

何作ってるかは見ればわかった。ボロネーゼ・スパゲッティ。でも、ジムにあたしと話してほしかった。

「なんだと思う？」と、ジムは言った。

「アイスクリームサンデー」

「いいね。デザートに作ってくれるかい？」

「ジムがもう作ってんのに、あたしが作ることないでしょ？」

あたしが言うと、ジムはにこっとした。

「そりゃそうだ。バカなこといっちゃったな。このサンデーはきみの好物？」

ジムはあたしを笑ってる。人に笑われるのはきらい。

「なんでアイスにマッシュルーム入れてるの？」と、あたしは聞いた。こんなバカみたいな質問をいらいらアナベルにしたら、いつだって言いあいになった。

「これはボロネーゼ・スパゲッティにするのよ、オリヴィア」

「ちがーう。アイスクリームでしょ」

「みじん切りにしてソースに入れるの！」

「そっちのが、チョコスプレー」

「タマネギでしょ！　それから、これはトマト缶《かん》！」

って具合に。でも、ジムはにこにこしながら言った。

「なんでだと思う？」

おバカさんのジムが、かしこいふりをしようとしてる。あたしは、答えてやらなかった。そのあと、いやな感じの沈黙《ちんもく》がつづいた。ジムはあたしなんかいないみたいに、サク、サク、サク、と包丁を動かしてる。

「なんで、そんなもしゃもしゃなひげ、はやしてんの？」って、聞いてみた。

「なんでだと思う？」

「知るわけないでしょ！　あたしなら、お金もらったって、そんなひげはやさない」

「きみがひげをはやしたら、ちょっとおもしろい顔になるだろうね」

ジムが言った。あたしは、ジムをにらみつけた。

「ジムなんかずーっとおもしろい顔でしょ。すっごくまぬけに見える。そんなまぬけ顔、なりたくない。そんな顔になるくらいなら、海の魔物《まもの》みたいになったほうがいい。死んだほうがまし！」

ジムは答えなかったけど、何か悪いことが起きそうだと思って身がまえてるのが、においでわかった。ジムはおそれてる。おそれてないとしても、警戒《けいかい》してる。悪いことってのはあたしで、あたしとはなるべくかかわりたくないと思ってる。

ジムなんか大きらい。

「なんで親父《おやじ》にひどい態度とるんだよ？」

ダニエルが聞いてきた。ふたりでツリーハウスに腰《こし》かけて、足をぶらぶらさせてたときだ。いやな感じの言いかたじゃなかった。どっちかっていうと……ただ知りたがってる感じ。

「ひどくなんかないよ！　ひどいのはジムのほう！　いつもあたしに、ダイニングにいってすわってろって言うじゃない！」

ダニエルは納得《なっとく》してない。あたしだって、自分の言ったことがほんとだとは思ってない。ちゃんと説明したかった。そしたらダニエルもわかってくれて、あたしのことをきらいにならずにいてくれるかもしれない。けど、あたし以外のだれかにわかってもらえるとは思えなかった。たとえダニエルでも――リズ以外で、ダニエルほどわかってくれる人はいなかったけど――理解してもらえるとは思えないし、だとしたら、あたしは頭がおかしいって証明することになっちゃうかもしれない。

ほんとは、こう言いたかった。

「あたしにはなんの力もない。どこに住むかも、家をうつるときに自分のものを持っていけるかどうかも、だれがあたしのママやパパになるかも、何も決められない。それって、すごくおそろしいことだよ。それって……それって、ずっとパニックを起こしてるみたいな感じ。だから、自分を安心させるために、できることはなんだってする。だから、何かをコントロールする側になって力を持つことは、それがジムがあたしに腹を立てるようにするとか、そういうつまんないことでも、水にしずみかかってるような気分より、安心できる。

いままで生きてきて、たしかだと思えることなんか、ひとつもなかった。あたしには家もない。家族もない。愛してくれる人もいない。だから、何かしがみつくものがなかったら、あたしはおぼれ死んじゃう」って。

ジムはあたしを愛してない。あたしにはわかった。ジムがメイジーと部屋のなかでダンスするのを見てたから。

　ボートをこごうよ　川をくだろう
　楽しく　楽しく　この世は夢さ

歌うジムの腕《うで》のなかで右に左にゆすられながら、メイジーはいっしょにおどってる。その顔は幸せそう。幸せな、愛されてる顔だ。

「どうしてグレースはメイジーを愛せるの？」

あたしは、ジムに聞いてみた。

「母親だからさ」と、ジムは答えた。

それって、あんまりいい答えじゃない。母親だからって、みんなが子どもを愛するわけじゃないから。

「メイジーが邪悪《じゃあく》な子どもだとしても、おんなじように愛せると思う？　殺人鬼《さつじんき》のサイコパス・ベビーだとしても？」

「邪悪《じゃあく》な赤ちゃんなんていないよ」

ジムはそう言ったけど、まちがってる。あたしは邪悪な赤ちゃんだった。あたしはママを具合悪くさせ、夜どおし泣きさけび、ママの持ち物の上に吐《は》きちらかした。ママがそう言ってた。何度も、何度も。

「メイジーのパパは、メイジーを愛してないよね。だって、会いにこないでしょ、一度も」

「メイジーのパパのことは、きみに関係ないんじゃないか？」

「あるよ。だって、メイジーのパパがメイジーを愛してないんだとしたら、グレースがメイジーを愛してるのは、なんで？」

「そうだな……赤ちゃんを産むとき、母親の体のなかで、子どもを愛する気持ちにさせる化学物質が出るんだ。それと同じ物質が、メイジーと遊んだり、お乳をあげたり、だっこしたりしてるときにも出る。それに――そうだな、愛ってのはいいもんだよ、オリヴィア。メイジーを愛することで、グレースはたくさんのよろこびを得てる。人ってのは、愛し、愛されることを求めるものなんだ」

あたしはちがう。あたしは、だれも愛したいと思わない。ぜったい、ぜったい、ぜったいに。愛するなんて、弱虫のすることだ。それに、もしだれかを大好きになって、その人にきらわれたりしたら、もうずたずたになってしまう。あたしは二度と、だれも愛したりしない。でも、グレースがメイジーを愛するみたいに、あたしのことを愛してくれる人がいたらよかった。だれかがあたしのことを愛してくれて、ぜったいあたしを捨てたりしないようにできるなら、ぜったいあたしをきらいになったりしないようにできるなら、あたしはそうしたい。だって、メイジーにも、ダニエルにも、ハリエットにも、そういう人がいるんだから。ぜったい。

「あたしのこと、愛してる?」

そうジムに聞いてみた。

「そうだな……愛情ってのは、はぐくむのにそれなりの時間がかかる」

ジムは、メイジーをだっこしてないほうの手をあたしにまわそうとしたけど、あたしは体をよじって逃《に》げた。

「きみのことは好きだよ」

ジムはそう言ったけど、あたしは信じない。

「どうしたら、自分をだれかに愛させることができる?」

あたしが聞くと、「それはむりだよ」と、ジムは答えた。

「愛する気持ちは、自然に生まれるものだからね。ただ、その人の顔に食べ物を投げつけたりしないってのは、効果あると思うよ」

はあ?

赤ちゃん

それから、いろんなことが悪いほうに進んでった。

メイジーが泣く。いつまでも、いつまでも、泣きつづける。あたしにはたえられない。それで、どなる。

「やめて！　もうだまって！」

「あんたがだまりな」

グレースがどなりかえす。

「あんたにこの子にかまう義務でもあんの？　ないよね？　だったら、だまってな」

「だまってな、くそガキ。あんた、ここで何してんの？　だれが、あんたにいてくれって頼《たの》んだ？　あんたみたいな気味の悪い子がどんな目にあうか、教えてやろうか？」

だれかの手があたしの顔にふりおろされる。だれかの足があたしのおなかをけりあげる。おぼれそう。死んじゃうんだ。どこにも逃《に》げられない。

どこかで、赤ちゃんが泣いてる。

「もう、うんざりだよ！　いいかげんにしな！」

赤ちゃんが泣いてる。

あたしはリビングにもどってた。グレースが移動してる。さっきまでは、あたしの目のまえにいた。でもいまは、窓のそばでメイジーをだっこしてる。

心臓がドクドクいってる。また、あの感じ。きらわれてるっていう、刺《さ》すような痛み。でも、わからない。その憎《にく》しみが、記憶《きおく》のなかのあの人のものなのか、アメリアのものなのか、きらわれてるのはあたしなのか、赤ちゃんなのか、それとも両方なのか。ハリエットが教えてくれた話に出てきた女の人たちを思いだす。自分の子どもをガス中毒で殺そうとした女の人。赤ちゃんを殺して玄《げん》関《かん》のまえに捨てた人。それって、アメリアがそうさせたの？　アメリアはいまも、赤んぼうを殺すのが自分の仕事だと思ってるの？　あたしに赤ちゃんを殺させようとしてる？　アメリアはだいたいいつも、怒《いか》りでいっぱいだ。そんな感じがする。だれかを傷つけたがってるような。相手はだれでもいいみたいな。

あたしにはそれがわかった。

「もう、うんざり！」

あたしは叫《さけ》んだ。

「いいかげんにして！」

グレースがくるっとこっちを向いて、「いますぐだまらないと、力ずくでだまらせてやるからね」と言った。


「だまらないなら、力ずくでだまらせてやる」

女の人の手があたしの口と鼻をふさぎ、息ができないようにする。汗《あせ》ばんだ指のにおいと金属のような怒《いか》りの味を、口のなかに感じる。あたしはその手にかみついた。その人はきたない言葉を吐《は》いて、あたしの体を持ちあげた。あたしの足が宙をける。どこかで赤ちゃんが泣いてる。泣いてるのは……よくわからないけど、あたしのせいだ。

「思いしらせてやるよ、このモンスター」


「思いしらせてやる！」

あたしはどなり、グレースの腕《うで》のなかのメイジーにとびかかった。メイジーをだまらせることができたら、頭のなかの女の人はどこかへいってくれる。メイジーが泣くのをやめたら、あたしはアメリアから解放される。あたしは、手のとどくいちばん近い部分——メイジーの足をつかんだ。グレースが、さっとひきもどす。

「何すんの！　この子から離《はな》れて！」

ジムがリビングに入ってきて、あたしたちを見た。メイジーを抱《だ》きしめ、あたしをどなりつけてるグレース。両手をこぶしにして、ふたりになぐりかかってるあたし。ジムはあたしをつかみ、ふたりからひきはがした。

「オリヴィア、落ちつけ。落ちついて」

ジムがあわててるのが、声でわかる。あたしのことがこわいんだ。

グレースとメイジーがドアから出てった。ジムはあたしをおろし、暖炉《だんろ》のそばのいすにすわって、あたしがけとばし、あばれるのを、じっと見てる。

「ジムなんか大きらい、ジムなんか大きらい。ジムなんか死んじゃえばいい。死んじまえ」

あたしは、里親へのいやがらせで大あばれすることがある。ものすごく頭にくることがあって、それをおもてに出さないと自分が爆発《ばくはつ》しそうで、あばれることもある。でもいまは、それであばれてるのかもしれないし、頭のなかで声がしてるせいかもしれない。

赤ちゃんを傷つけようとしたんだから、ジムはもうおまえをここにはいさせない。おまえは、ここを出ていかなきゃならない。

しばらくして、ジムがあたしに話しかけてきた。

「ああいうことは二度とあっちゃならない。わかってるね、オリヴィア？」

この家には幽霊《ゆうれい》がいて、メイジーを殺そうとしてるのよ。

「あたしはなんにもしてない」

「オリヴィア。まじめな話だ。メイジーはまだ小さい。傷つけるようなまねをしちゃいけない」

あたし、どんどんおかしくなってく。このまま、おかしくなっちゃうんだ。

「したらどうなる？　もし、あたしがメイジーの顔をなぐったら、ジムはどうするの？」

ジムはあたしの顔をじっと見てる。


ジムはおまえを追いだすよ。おまえを追いだすんだよ。


「オリヴィア、赤ちゃんを傷つけちゃだめだ。それは、法に反することにもなる」

「だったら、警察に通報する？」

「そういう状況《じょうきょう》にはさせない。きみがメイジーを傷つけるとぼくが本気で思ったときは、それができないように、きみの処遇《しょぐう》を考えないといけない。そうなったら、もう選択肢《せんたくし》はない」

ジムはおまえを愛してない。好きでもない。この男は、おまえよりメイジーが好きなんだ。まだ話せもしない赤んぼうなのに。

「あたしを追いだす？　ずっとずっと、ここにいられるって、言ったよね？　でも、追いだす？」

「ほかに手がなければね。そうするしかない」

ほんとにそうするの？

「あたしを追いだす？　ずっとずっと、ここにいられるって、言ったよね？　でも、追いだす？」
「ほかに手がなければね。そうするしかない」

ママと暮らしてたときは、いつぶたれるか、かならず予測できた。ママにいやなことがいろいろあったとき、お金がなくなったとき、お酒をある程度——つまり、きげんが悪くなるくらい飲んだけど、寝落《ねお》ちしちゃうほどは飲んでないとき。あたしは、ママの怒《いか》りがどんどん、どんどん、ふくらんでくのを注意深く見てた。待ってる時間がすごくいやで、早くすませてもらえるよう、自分から何かした。くだらない質問ばかりしてうっとうしがらせたり、歌をうたったり、楽しそうにしたり、悲しそうにしたり、だめだって言われてるのにマットレスの上でぴょんぴょんとびはねたり。たたかれるためならなんでもやった。そしたらもう、いつぶたれるかとびくびくしないですむから。

「あたしを追いだす？　ずっとずっと、ここにいられるって、言ったよね？　でも、追いだす？」

「ほかに手がなければね。そうするしかない」


ジムに追いだされるのを待ってるのも、そんな感じだった。巨大《きょだい》なモンスターがあたしを見おろし、いまにもとびかかろうとしてるみたいな。

オリヴィアをネコといっしょの家に置くのは安全じゃない。オリヴィアをハリエットのような小さな子といっしょの家に置くのは安全じゃない。オリヴィアを赤ちゃんといっしょの家に置くのは安全じゃない。おんなじ言葉や似たような言葉を、あたしは何度も聞いてきた。あたしを愛してるつもりでいた、いろんな人たちが言った言葉。あの人たちの言ったことは、正しかったんだと思う。

でも、ジムがあたしを追いだす気だとして、どうしてまだそうしないんだろう？

「あたしを追いだす気なら、どうしてまだそうしないの？」

朝食のとき、直接聞いてみた。

「だれがきみを追いだすと言った？」

「ジムよ。ジムがそう言ったじゃん」

あたしは、シリアルの入った皿をジムの顔に投げつけた。

ジムは怒《おこ》るだろうと思った。あたしはジムを怒らせたかった。でもジムは、オートミールを食べつづけてる。ほっぺたにかかった牛乳が顔を流れて、あごひげをぬらしてる。

「その顔、すっごくまぬけ。ジムってば、ほんとまぬけ」

だけど、ジムはこう言った。

「しんどいだろうね、まぬけだと思ってる相手と暮らすのは」

「そうよ。そのとおり。ジムって、まぬけで、かわいそうで、最低。あたし、ジムよりリズといっしょに暮らしたい」

「それは申しわけないね」

ジムは平然としてる。ちっとも気にしてない。

あたしは、テーブルの上の牛乳をとって、びんごと力いっぱいジムに投げつけた。割れると思ったけど、割れなかった。びんはジムの顔に当たって床《ゆか》に転がり、牛乳の白い水たまりが広がった。

ハリエットが悲鳴をあげ、グレースが「オリヴィア！」と叫《さけ》んだ。あたしは、よろこびと恐怖《きょうふ》がまじった気持ちで、白い水たまりを見ていた。どうなる？　さあ、どうなる？

「あんた、正気？　自分が何やったか、わかってんの？」

グレースが言った。

ジムは「よし」と言って、立ちあがった。

「みんな、オリヴィアはほうっておこう。ハリエット、つづきを食べるなら、シリアルの皿を持っておいで」

みんなは立ちあがって、二階へ向かった。あたしは追いかけて、言った。

「ジムの負け犬！　あんたなんか、大きらい！　大っきらい！」

みんなジムの部屋に入って、ドアをしめた。あたしはドアをドンドンたたいたけど、ジムは入れてくれなかった。

「なんで、あたしをフェアフィールズに送りかえさないの？　そうすればいいのに！」

あたしは下におりて、ティーポットの中身を、ジムのコートのポケットにあけた。少しでも気が晴れるかと思って。


どこか近くで赤ちゃんが泣きはじめた。メイジーじゃない。メイジーはまだグレースといっしょに、ジムの部屋にいる。

おやすみ　わたしのいとしい子
さあ、そのかわいい目をとじて

「やめて！」

あたしはどなった。

「だまんなさいよ、バカな幽霊《ゆうれい》のちび！」

天使たちが　お空から
あなたをそっと　見つめてる

あたしはキッチンにいた。すぐそばにアメリアがいるのを感じる。アメリアの怒《いか》りを感じる。つんとした、金属のような味が、口のなかに広がる。血のような味。耳のなかでドクドクいってる血のように、その怒りも脈打《みゃくう》ってる。

上の部屋で、メイジーがぐずりはじめた。

「その子をだまらせて！」

そう叫《さけ》んで、あたしは二階にかけあがり、ジムの部屋のドアを、映画でよく見るように、足でがんがんけった。

メイジーの泣き声が大きくなった。メイジーのバカみたいな顔を、壁《かべ》にたたきつけてやりたい。そうすればいいの？　メイジーを永遠にだまらせることができれば、アメリアはもう、あたしをほっといてくれる？　そう考えると、うれしいような、おそろしいような気持ちになった。あたしは、ほんとにモンスターになる。あたしがほんとはどんなにおそろしい子か、みんなが知ることになる。もうだれも、こんりんざい、あたしを愛そうとはしなくなる。

「あたしから離《はな》れてよ！」

あたしはどなった。
「もうつきまとわないで！」

お月さまは　かがやいて
アメリアが、あたしの頭のなかで歌ってる。
星たちも　顔を出す
さあ、小さい子は　もう寝《ね》る時間

血の魔法《まほう》

あたしは自分の部屋にいった。ベッドわきのキャビネットの引き出しをあけ、ペンケースからナイフをとりだした。まえに学校からぬすんだやつ。ためしに指先に刃《は》を当ててみたら、血がわいてきて、玉になった。深くて、暗くて、濃《こ》くて、赤い。魔法《まほう》の薬みたい。魔法の呪文《じゅもん》みたい。魔法みたい。

だいじょうぶ。よく切れる。

自分は魔女なのかも、とあたしは思った。

ナイフにはさやがなかった。だから、シリアルの箱を切ってテープでとめて、さやを作った。フェアフィールズで大きい子たちがやってたみたいに。それから、あたしはナイフを、リズが買ってくれた赤いカーディガンのポケットにしまい、ナイフが見えないように、ポケットのボタンをとめた。リズのウールのカーディガンは大きいし、もうずいぶん着てて、何べんも洗ったから、ポケットがのびて、ドクター・フーのドクターのポケットみたいに大きくなってる。外から見ただけじゃ、そこにナイフが入ってるとはわからない。でも、あたしはそこにあるのを知ってる。

ナイフがここにあると知ってることで、あたしは守られてる気がした。

いつこれが必要なときがきても、用意はできてる。

七番目の家　ジャッキー

ヘイリーとジェイミーとあたしが最後に保護されて、それっきりママと暮らせなくなったのは、あたしが五歳《さい》のときだった。ママがどっかにいっちゃって、そういうことはときどきあったんだけど、このとき初めて、そのまま家にもどらなかった。あたしたちは四日間、三人だけですごした。あたしとヘイリーはシリアルを食べつくした。ジェイミーもミルクを全部飲んじゃったから、おなかがすいて、ずっと泣いてて、どうしても泣きやませることができなかった。あたしは、今度こそママはあたしたちのことをほんとに忘れちゃって、もう二度ともどってこないんじゃないかと、おそろしくなった。だけど、アパートをどうやって出ればいいか、わからない。出入り口は大きな金属のドアで、小窓もついてなかった。ママはかぎをかけて、そのかぎを持って出かけてしまった。大声で助けをよぶことはできたかもしれないけど、もしママがもどってきてあたしが何したか知ったら、どんな目にあうか考えると、できなかった。

四日目の午後に、だれかがドアをドンドンたたきはじめた。ヘイリーとあたしはママの部屋にいって、ベッドの下にかくれた。でも、ジェイミーが泣きつづけてたから、あたしたちがなかにいることは、外の人たちにまるわかりだった。

「あけなさい！　警察だ！」

男の人の声がした。帰る気はなさそうなので、あたしはドアごしに声をはりあげて、かぎがないことを伝えた。すると、外が静かになった。

その人たちがどうやってドアをあけたかは、おぼえてない。でも、その人たちが蛍光色《けいこうしょく》の大きなジャケットを着て、トランシーバーで何か話しながら入ってきたのは、おぼえてる。その人たちが、あたしたちのきたなくて、ものがあんまりないアパートのなかを調べながら、頭をふってたことも。ママはお金がなくなると、家具を売った。そういうことはよくあった。あたしたちはそれから、警察に連れていかれた。だれかがジェイミーをどこかに連れていき、あたしとヘイリーは、何時間も、何時間も、何時間も、大きな部屋のすみっこで待たされた。このまま牢屋《ろうや》に入れられちゃうのかもしれないって思った。だって、ママはいつもあたしに、そんなに悪い子にばかりしてると牢屋にいくことになるよって、言ってたから。

長いことたってから、知らない女の人がやってきて、あなたたちを預かってくださるいいおうちを見つけてあげるからねって言った。あたしは、ママに会いたいって言った。するとその人は、ママは具合がよくなくて、いまはあなたたちの面倒《めんどう》が見られないって言った。ママがそのとき拘置所《こうちしょ》にいたってわかったのは、何年も何年もたったあとのことだ。ママは、あたしたちがかぎのかかったアパートのなかにいることを、警察に伝えもしなかった。警察の人がママのファイルに子どものことが書いてあるのに気づいて、この子たちはいまどこにいるんだってたずねて、初めてあたしたちのことがわかったんだって。

女の人はあたしとヘイリーを車に乗せて、ジャッキーっていう太った大きなおばさんのアパートに連れてった。

「弟もいっしょじゃなきゃいや」って女の人に言うと、その人は、ジェイミーはべつの家で見てもらうことになったけど、すぐまた会えるからって言った。でも、それから一度もジェイミーと会ってない。

「ママに会いたい」って、あたしは言った。

そしたらジャッキーが、「ママにもすぐ会えるわよ、おじょうちゃん」と言った。でも、会えなかった。ママに会えるまで、何週間も、何週間も待って、しかも、会えたのはたったの一時間くらいだった。

ジャッキーはあたしたちをおふろに入れて、寒いのにずっと立たせたまま、傷あとやあざを全部調べて、紙に書いた。ものすごく長い時間かかってそれをやったあと、ジャッキーはあたしたちにスープを出した。スープは茶色で、ふにゃふにゃして気持ち悪いスパゲッティのかけらが浮《う》いてた。まる一日以上、何も食べてなかったけど、おなかがすいたのより気持ち悪さのほうが勝ってた。すっごくまずくて、だけど、そう言ったらぶたれるかもしれないから、言わなかった。

そのあと、あたしたちはぶかぶかのTシャツを着せられ、寝《ね》かされた。Tシャツはまえにその家にいた子のもので、どれも何度も洗たくしたせいで、生地《きじ》がうすくなってたし、色もあせてた。それを見たら、あたしはもっとこわくなった。だって、もしジャッキーがほかの子のものをぬすんでるとしたら、あたしたちの服もぬすまれるかもしれない。そうしたら、きっともうとりもどせない。そう思ったから。

あたしはベッドにひとりで寝たくなくて、ジャッキーが部屋を出ていったあと、ヘイリーのベッドにもぐりこんだ。

「またママとジェイミーに会える?」

ヘイリーが、そっと聞いた。

「会えるよ、もちろん」

あたしは答えた。

「これから、このおばさんちで暮らすの?」

ヘイリーが、また聞いた。

「そうだよ」って答えたけど、ちがった。ジャッキーは、緊急《きんきゅう》のときに子どもを預かるだけの人だった。あたしたちがその家にいたのはほんの二、三日で、べつのソーシャルワーカーがやってきて、あたしたちはドナとクレイグの家で暮らすことになったって言った。ママのとこにもどるまでのあいだだけって。

きつい言葉

何かが変わった。

あたしは、ダニエルやハリエットと友だちでいるのをやめた。リズに感じよくするのもやめた。グレースになんて言われるか気にするのもやめたし、ジムがあたしのこと好きかどうかを気にするのもやめた。そういうこと全部を、もう気にしないことにした。

ハリエットに衣装《いしょう》を着てごっこ遊びをしようとさそわれると、きつい言葉を投げつけた。自転車で出かけないかとダニエルにさそわれても、どなりつけるようにことわった。あたしがきついことを言ったり、どなりつけたり、わめきちらしたりするのをグレースが注意しようとすると、あたしはグレースに向かってわめきちらした。そして、ジムに……。

ジムにはものすごくひどいことをした。まちがいなく、ほんとに、完全に、徹底的《てっていてき》に、とことん、ひどいことをした。ひどいことをしてるとき、それがひどいことだってずっとわかりながらしてたけど、でも、やめられなかった。あたしはジムにつばを吐《は》いた。ジムの顔にものを投げつけた。ジムがあたしをダイニングにいかせようとしたり、シートベルトをつけさせようとしたり、何かその日あたしにしてほしいと思ってることをさせようとしたりすると、けったり、大声をあげたり、かみついたりした。

「あんたなんか大きらい！」

あたしは、何度も、何度も、何度も言った。

「あんたなんか、大っきらい！」

あたしは、ダニエルとハリエットが、だんだん、だんだん、あたしから離《はな》れてくのを見てた。ふたりのいる部屋にあたしが入ってくと、ふたりが緊張《きんちょう》するのがわかった。あたしがいないとき、ふたりがあたしのことを話してるのが聞こえた。あたしがふたりのいる場所から離れると、ふたりが何かひそひそ言いあってるのを感じた。ふたりをあたしから遠ざけるのが、こんなにかんたんだなんて。あたしはそれがおそろしかった。

ジムはあたしと闘《たたか》ったけど、あたしには勝てなかったし、ジムもそれに気づいてた。そのことが、ジムのあたしを見る目でわかったし、あたしがジムをにらみつけたときにジムの背中がぎゅっとかたくなるのでわかったし、あたしが部屋に入ってくとジムがちらっとハリエットに目を走らせるのでわかった。ダイニングへいけと言ったのにあたしが言うことを聞かず笑ってたとき、がっくり肩《かた》を落とすのを見て、わかった。

あたしは雷《かみなり》よりも力がある。

ジムは、そのことでなんとかあたしと話をしようとした。

「オリヴィア、その怒《いか》りはどこからくるんだ？　いったい、何があった？」

あたしは答えない。

ダニエルも、あたしと話そうとした。

「オリヴィア、アメリアの幽霊《ゆうれい》なんていないんだ。それはわかってるだろ？　パブのおっさんが、ハリエットをからかっただけさ」

「からかった？　殺人とか自殺の話で？　からかった？」

「からかったんじゃないとしても、作り話だよ。ここには幽霊なんていない。ありもしない音がどうしておまえに聞こえるかはわからないけど、その音を立ててるのがアメリア・ダイアーだとは思わない。それはきっと……ただの記憶《きおく》だよ。忘れられない、いやな記憶」

だから、それを幽霊っていうんじゃないの？


リズとも話した。土曜日、サッカーの試合を観《み》たあと、ピザハットで。

「あなたがそんな態度に出るのは、ジムに出ていけと言われるのをおそれてるからなのかしらねえ」

ひとりごとみたいに疑問を口に出すのは、リズのやりかたのひとつ。ジムもやる。思いだしたときだけど。

「出てけって言われても、べつにいいし。どっちみち、ジムなんて好きじゃないし」

「ジムはあなたのこと好きよ」

「そんなことない」

「なんでそう思うの？」

こういうとこがあるから、ときどきリズがきらいになる。

「だってさ……ねえ、チーズポテト頼《たの》んでもいい？」

「だって、なんなの？」

リズはあたしの言ったことを無視した。あたしの態度の悪さについて、なんでこんなにしつこく言うんだろう。それだって、よくないと思う。

「だからさあ！」

あたしは大声をあげた。大声をあげるつもりはなかった。思ったより大きな声が出ちゃっただけ。

「わかってるでしょ！　あたしが邪悪《じゃあく》だからよ！」

「オリヴィア」

リズがあたしの名前をよんだ。あたしは急に、全速力でそこから逃《に》げだしたくなった。

「あなたは邪悪なんかじゃないわ。傷ついてるだけ。たくさんいやなことを経験して、そのせいで、安全だと自分に思わせるためにいろんなことをする必要があった。それはべつにいいのよ。傷ついた人は、みんなそうするの」

リズはまえにもそんなことを何度も言ったけど、ぜんぜん信じる気になれない。

「それでいいって言うんなら、どうしてあたしがそういうことしたとき、リズはいつもあたしを叱《しか》るわけ？　どうしていつも、ジムに対する態度をあらためなさいって言うの？　悪いことじゃないなら、どうして？」

リズは笑った。

「いい質問ね。それは、自分の感情はコントロールできなくても、どう行動するかは自分でコントロールできるからよ。そのためのツールについては、まえにもいろいろ話したわよね。おぼえてる？　何か頭にきたり、不安になったりしたときに、すぐ興奮してあたりちらしたりせず、そういうツールを使えば、もっと楽に生きられるようになると思うの。もっと安心できると思う」

ふん。「ツール」ってやつのことは、ヘレンもずっと言ってる。言葉で言うとか、十数えるとか、バッカみたいなやつ。リズと暮らしてたときはそういうツールも役に立ってた。でも、ジムと暮らしはじめてからは、だいたいいつも、こわくて、こわくて、そんなの思いだしてられない。こわくてたまらないときに、「ほんとにダニエルはあたしを大きらいだって言ったかな？　それとも、ただ本を読みたいと思ってるだけ？」とか、考えてる余裕《よゆう》ない。「ダニエルはあたしのことをきらいなんだ！」って思って、パニックになる。

「じゃ、そのツールを使わないあたしは、悪い子？」

「いいえ。あなたはこわがってるだけ。こわいと思う気持ちは、だれにでもあるわ。そして、こわがってるときは、まちがいを犯《おか》しやすいの。だからわたしは、あなたがもっといい方法でそれにうまく対処できるよう、手を貸してあげられたらと思ってるのよ」

「あたしはまちがったりしない！」

めちゃくちゃ腹が立った。その得意げな言いかた、大っきらい。それじゃ、あたしはまちがいばかりするバカな子みたいじゃない。

「あたしはわざと悪いことしてんの。そうしたいから、してるだけ」

「そう？　じゃ、あなたは悪いことをする子ってわけね。でも、だから悪い子っていうことにはならないわ。やってることは悪い。だけど、人間ってもっと複雑なものよ」

リズってときどき、ナンセンスなことを言う。それがすごくいや。だって、リズにはあたしのことを守ってもらいたいのに、こんなとんちんかんなこと言ってるようじゃ、守るなんてむりでしょ。

「悪い人はいる。いるの。邪悪《じゃあく》な人間が。アメリアは邪悪。ヴァイオレットも邪悪。それに――」

あたしはそこで言うのをやめた。あたしのママも邪悪なのかどうか、わからなかった。あたしはママが大好き。だから、かわりにこう言った。

「あたしも邪悪」

「ううん。そうじゃないことをわたしは知ってる」

リズは、あたしの頭をくしゃくしゃっとなでた。あたしは急いでその手から逃《に》げた。

「聞いて、オリヴィア。ヴァイオレットは、いろいろひどいことをした。あなたに対して、ぜったいしてはならないことをね。だけど……あの人のしたこととあの人自身は、べつ。あの人もひとりの人間なの。病気だったのかもしれない。そうやって自分のことも傷つけてたのかも。ねえ、こんな話、聞きたくないと思うけど、まずはやってみることが大事よ。ジムはあなたのことが好きなの。家族でいたいと思ってる。ダニエルとハリエットもあなたのことが好きだし、きょうだいでいたいと思ってるわ。そうかんたんには信じられないと思うけど、ほんとのことよ。だけどオリヴィア、ハリエットやメイジーにとって安全じゃないなら、ジムはあなたをあの家に置いておくことはできない。あなたが悪い子だからじゃない。ジムは、自分の家の子どもたち全員に気を配らなきゃならないのよ。わかる？」

「でも、あたしがやったんじゃない」

あたしは、うったえた。

「アメリアよ」

アメリアが、あたしにメイジーを傷つけさせようとしてる。あたしはそんなことしたくない。でも、ほかにどうすればアメリアがあたしから離《はな》れてくれるのか、わからない。

そう言いたかったけど、できなかった。言ったら、きっとほんとに追いだされる。

リズはだまってた。でも、待ってもあたしは何も言う気がないとわかって、リズはため息をついた。オリヴィアがまたバカなことをしていらつくって、ため息。

「ねえ、けんかはやめましょ。わたしはあなたを愛してる。あなたをすばらしい子だと思ってるし、いまあなたがすごくつらい思いをしてるのを、かわいそうに思ってる」

あたしは、人からそういうバカみたいなおせじを言われるのが大きらい。ねえ、オリヴィア、あなたに伝えておきたいの。あなたのパパになるはずの人は、あなたがものすごく悪い子だから、家族としていっしょの家に暮らすのはいやなんですって。だけど、忘れないで。あなたはすばらしい子よ！

そして、あたしがすごく、すごく、すっごくいやなのは、いまリズがしたことはだれよりひどいってことで、それは、リズがほかの人たちみたいにあたしにうそをついたから。

「うるさい！」

あたしは、どなった。

「うるさい！　うるさい！」

あたしは、テーブルの端《はし》をつかんでひっくりかえし、上にのってたものが全部床《ゆか》に落ちて、ガチャン、ガチャン、パリン、ガチャガチャって、音を立てた。

こわしたい気持ち

ジムの家にきたばかりのころ、自分の部屋がきらいだった。だけど、ここで半年暮らしてるあいだに、いつのまにか、そこはあたしのものって感じになった。ベッドの上のふとんには、ずっとまえから使ってた赤と青のストライプのカバーを、リズの家から持ってきてかけてある。ふとんの端《はし》がトンネルみたいになってるのは、午後になるとジグザグがそこにもぐりこんで昼寝《ひるね》するから。何も貼《は》ってなかったコルクボードも、いまはいろんなもので埋《う》まってる。運河のそばでリズととった写真もあるし、結婚式《けっこんしき》用におめかししてケーキを食べてる、ダニエルとハリエットとあたしの写真もあるし、ジムがようやくあたしの荷物をバッグから出しおわったときに見つけて貼った、ヘイリーの写真もある。ほかにも、だんだんとそこに加わったものがある。リズが旅行先のマン島から送ってきた絵はがき、ダニエルがかいてくれた、ウルヴァリンのかっこうをしたあたしの絵、あたしたちがゾンビになったとこをかいたハリエットの絵が二枚、ほかにもこの半年のあいだにハリエットがあたしにプレゼントしてくれたものがいろいろ。ストラップがひとつ、友情のブレスレットがふたつ、それに、アイロンビーズで作った花とサルも。窓のとこには、ダニエルとあたしが野原で見つけたほんもののヒツジの頭がい骨がひとつと、石ころの山、松ぼっくりの山。どれもきっと、あたしが出てくときに持ってくことはゆるされない。

もっと大きなものもある。この家のべつの場所から流れてきたもの。たとえば、ダニエルのバット。ラウンダーズっていう野球みたいなスポーツで使うやつ。ラグマットは、空き部屋にあったのをジムが使っていいと言って、くれたもの。リズからもらったダーレクの大きなポスターもあるし、ベッドわきのテーブルにはあたしたちが読んでる本が何冊も積んである。アステリックスのポスターまである。まるめて屋根裏部屋に置いてあったのをジムが見つけて、あたしのものにしていいって言ったやつ。だけどそれが、ずっと持っていいってことなのか、あたしがこの家にいるあいだだけってことなのか、あたしにはわからなかった。家をうつるときはたいてい、ものは置いてこなきゃならなかった。里親たちは、それを捨ててしまったり、あたしはもう大きくなったからおもちゃはほかの子のために置いてけって言ったりした。もし自分で決めていいなら、あたしはどれひとつ捨てたりなんかしなかった。ぜったいに。

リズと会ったあと、家に帰ってベッドにすわり、自分の部屋を見わたしてみた。そこがいまはまるで自分の家みたいに見えることに、いらいらした。不安になった。落ちつかない気持ちになった。あたしはラウンダーズのバットを手にとり、ろうかに出て、何かこわすものはないかとさがした。

「オリヴィア」

ハリエットの声がした。

ハリエットは自分の部屋のドアのとこに立って、あたしを見ていた。褐色《かっしょく》の小さな顔をゆがめてるけど、それが何を意味するかは読めなかった。かんぺきなハリエット。そのかんぺきな小さな顔を、ぶんなぐってやりたい。

「もうあたしたちと家族でいるのが、いやになったの？」

ハリエットが聞いた。

あたしはその顔を見つめた。家族でいるのがいやになったかって？　もちろん、あんたの家族になりたいよ。あんたの家族はすばらしいよ。あんたもすばらしいよ。あんたのお姉ちゃんになりたいだけじゃない。あたしは、あんたになりたいよ。それくらい、あんたはすばらしいよ。

「あんたのパパはあたしをきらってる。だから、いまだって、あたしはあんたの家族じゃない」

ハリエットは、くちびるをかんだ。

「オリヴィアはあたしのこと好きだと思ってた」

「まさか。あんたみたいなバカで情けない子。こんなとこ、こなきゃよかった」

ハリエットは部屋のなかにひっこんだ。

「ここが気に入ってると思ったのに」

部屋のなかから声がした。

「気に入ってなんかない！」

あたしはどなり、ハリエットに近づいてバットをふりあげ——腕《うで》にあたる寸前でとめた。ほんとに、ぎりぎりのとこで。

ハリエットはびくっとした。緊張《きんちょう》してるのがわかる。背中をぎゅっとまるめ、顔をそむけ、あごをおなかにつけるようにして体をちぢめてる。おびえてるんだ。

「やめて！　そんなふうにしないで！」

どなると、ハリエットは小さく息をのんだ。だけど、動かない。あたしはもう一歩、ハリエットに近づいた。

「あんた、頭おかしいよ。なんであんたときょうだいになりたいなんて思ったんだろ。あんたみたいな、つまんなくて、バカみたいで、泣き虫の赤ちゃんとさ」

あたしは、ハリエットがどんなにバカか思いしらせてやろうと、部屋を見まわした。

「このがらくたを見なよ」

そう言って、あたしはハリエットのドールハウスをベッドのそばからひっぱってきた。そして、けった。ドールハウスの壁《かべ》がへこんだ。

ハリエットが、のどをしめられたような声を出した。

「やめて！　オリヴィア、やめて！」

あたしは、またドールハウスをけった。あたしの靴《くつ》は、小さな家の壁《かべ》にゴジラサイズの足あとをつけた。あたしはラウンダーズのバットをかまえ、ドールハウスの屋根に力いっぱいふりおろした。

ハリエットが叫《さけ》んだ。あたしへの恐怖《きょうふ》も忘れ、あたしの腕《うで》をつかんだ。

「オリヴィア、やめて！　オリヴィア！」

バキッ！　ガシャッ！　バキッ！

ハリエットが泣きだした。

「パパ！　パパ！」

グシャッ！　バキッ！

ジムが部屋に入ってきて、うしろからあたしを持ちあげ、ドールハウスからひきはなした。あたしは足をじたばたさせ、大声でわめき、ラウンダーズのバットをうしろにふって、ジムの足をなぐろうとした。ハリエットが悲鳴をあげてる。ダニエルが戸口に立ちつくしてる。ぼうぜんとした顔。

「パパ！」

ハリエットが叫んだ。でも、もうおそい。ドールハウスは横だおしになり、屋根にはバットの穴があいてる。

これで、あたしを追いだすしかなくなったでしょ。

静かな赤ちゃんは、死んだ赤ちゃんだけ

ジムは、どうしたらいいかわからないでいる。ハリエットは、あたしがあの子の子ネコでも食べちゃったみたいに、泣きじゃくってる。あたしはあばれるのをやめ、ジムはあたしをつかむ手を少しゆるめた。あたしはそのまま、次に起こることを待った。ジムはどうするだろう？　どうしたってかまわない。そう考えてみたけど、でも、ちがう。かまわなくなんかない。

「オリヴィア――」

ジムは言いかけたけど、ハリエットが泣きながら「パパ――」と言って、ジムの腕《うで》をつかんだ。ジムはハリエットをなぐさめようと、あの子のほうを向いた。

あたしは、ジムの手をふりきって走りだした。バットを床《ゆか》に投げすて、階段をかけおりる。ジムは追いかけてこなかった。あたしはキッチンを走りぬけ、中庭に出た。ハリエットの安全を守らなきゃならないとかなんとか、ジムが言うのはもう聞きたくない。だったら、あたしの安全はどうな

るの？

「わかってると思うけど、ぼくたちはいまでも、きみを愛してるからね。この先もずっと、きみはぼくたちのかわいい子どもだ。何があってもね」

それは、まぬけのグレアムがあたしを捨てるときに言った言葉。グレアムとは、そのあと二回ほど会ったと思う、たぶん。あたしがグレアムの車の横のとこに、車のキーで「しんじまえ」って書いたら、それっきり会いにこなくなった。

「あなたがこわがらせちゃったんだと思うわ」

次にいつグレアムが会いにくるのか聞いたとき、担当のソーシャルワーカーは、そう答えた。あたしが九歳《さい》のときだ。たしかにグレアムにはめちゃくちゃひどいことをしたけど、だとしても、二回しか会いにこないって、どうなの？

ジムがあたしを捨てるときにも、似たようなことを言うのかな。言うとは思わないけど、もし言ったら、あたしはほんとにジムを殺すかもしれない。あたしにはやれる。ぜったい。あたしは、カーディガンのポケットに入れたままのナイフの上に、手をやった。ジムを殺せば、ヴァイオレットみたいな人のとこに送られずにすむ。あたしは牢屋《ろうや》に入れられることになる。ヴァイオレットは、牢屋まで追ってこられない。だれもあたしに手を出せない。あたしは十一歳の殺人鬼《さつじんき》。殺されるとわかったら、あたしに何かしてこようとするやつもいなくなる。そんなやつがいたら、ほんとに殺すから。アメリアばあさんがやってたみたいに、しめ殺してやる。みんな殺す。

でも、アメリアは牢屋《ろうや》までついてきたりする？

庭はがらんとして、殺風景《さっぷうけい》だった。あたしはぶらぶらと歩きだした。裏のテラスのあたりは、芝《しば》地《ち》だったはずのところに雑草がびっしりおいしげってた。邪悪《じゃあく》な感じのするイラクサ、アザミ、ねとねとくっつく、ひっつきむし。あたしは、むきだしの脚《あし》にとげのあるイラクサが当たるのもかまわず、ずんずんそのなかに入っていった。痛くなんかない。何もあたしを傷つけることはできない。だって、あたしは気にしないから。ジムに捨てられたって、気にしない。みんなに追いだされて、ヴァイオレットや、もっといやな人と暮らさなきゃならなくなっても、気にしない。

芝地の草はあたしのひざより上まであった。あたしは、それをかきわけて進んだ。昔は、この庭もきれいだったときがあったはず。アメリアが住んでたころもきれいだった？　あたしは芝地の先の、庭の端《はし》にある花壇《かだん》のところまでやってきた。アメリアが赤ちゃんを埋《う》めたのはきっとここだって、ハリエットが言った場所。たぶんハリエットの推理《すいり》は当たってる。ここには死んだ赤ちゃんたちが埋まってる。この花壇はいつ見ても気味が悪かった。ここだけちがうにおいがする。しめって、かびくさくて、何かがくさったようなにおい。低い木のしげみのすきまを埋めるように、イラクサや、タンポポや、名前もわからない雑草がのびてる。

あたしはしゃがんで、素手《すで》で土を掘《ほ》りはじめた。しめった土が指に気持ちいい。ジムに手を洗えって言われるだろうけど、あたしは洗わない。人から言われたことをするのは、もうやめにする。どんなことでも。だれに言われたことでも。

アメリアがいる。

においでわかった。タバコと、お酒と、ミルクと、年寄りのかわいた皮膚《ひふ》のにおい。何か邪悪《じゃあく》なものも感じる。憎《にく》しみの感覚。思いだした。アメリアがあたしを見つけたのはここだ。最初の日、ダニエルとけんかして、ここまで走ってきた。ほんとにここに赤んぼうが埋《う》められてるんだとしたら、ここはアメリアの力がいちばん強い場所。アメリアが、いちばんひどくあたしを傷つけることができる場所。

その日は暗かった。夏なのに空は灰色で、太陽は雲のうしろにかくれてた。あたしは土のなかで両手をこぶしににぎり、待った。

何か聞こえる。女の人。笑ってる。あたしは肩《かた》ごしにふりかえった。だれもいない。そのとき、また笑い声がした。庭の反対側からだ。あたしは、はじかれたように立ちあがり、あとずさった。目は、声のしたほうを見つめたまま。また笑い声。今度はうしろから。さっと向きを変えたけど、だれのすがたもない。

アメリアからは逃《に》げられない。ぜったいに。どこへいこうと、ついてくる。

あたしは、こぶしにぎゅっと力をこめた。

「どっかいって」

あたしは声に出して言った。

「お願い。あたしにつきまとわないで」

また笑い声。さっきより近くで。あたしは目をとじ、でもまた、ぱっと開いた。何かが近づいてるのにそれが何かわからないのは、最悪だから。そのとき、感じた。手が、あたしの首にかかってる。冷たい、かわいた皮膚《ひふ》の感触《かんしょく》。指先にできたタコの感触までわかる。目のあらいスカートの布地が体にこすれるのもわかった。アメリアの手が、あたしの首にかかってる。あたりの景色がゆらぎ、目がかすむ。

「どっかいって」

あたしはもう一度言った。返事はないだろうと思ってた。でも、聞こえた。アメリア・ダイアー。それとも、ヴァイオレット？　それともママなの？　もう声のちがいもわからない。とにかく、あたしを憎《にく》んでるだれかの声だ。

笑ってる。

玄関《げんかん》のドアは、まだあいてた。見つからないよう、そうっと家のなかにもどろうとしたけど、ジムはキッチンでノートパソコンに向かってた。だまって通りすぎようとしたあたしを、ジムは手をつきだしてとめた。

「オリヴィア」

「通してよ！」

「オリヴィア、落ちついて」

「あたしは落ちついてる！　落ちつかなくさせてるのは、そっちでしょ！」

「ハリエットのドールハウスを直すには、時間がかかりそうだ。だから、ぼくへの借りを返すために――」

「借りなんてない！」

あたしは叫《さけ》んだ。

「借りがあるのはジムのほう！　ジムこそ、あたしに借りがあるでしょ。ダニエルとハリエットが持ってるおもちゃ全部！　それに、自転車も、スケートボードも、空手のけいこも！　ダニエルの本棚《ほんだな》にある、あの本も全部！　それから――」

「オリヴィア、きみの気持ちも――」

そう言いかけたジムの体を、あたしはぐいっと押《お》した。あたしは、ジムに理解してもらおうとも、同情してもらおうとも、思ってない。罰《ばつ》をあたえてほしいだけ。

「オリヴィア、ダイニングルームにいきなさい」

ジムが言った。とっても静かな声で。

口をひらいて、いやだと言おうとしたけど、その瞬間《しゅんかん》、あたしはリズの家にもどってた。リズに追いだされたあの日に。

「殺してやる！」

そう言って、あたしはリズのおなかを思いっきりパンチした。

「オリヴィア、自分の部屋にいきなさい」

リズが言った。

でも、あたしは「いやだ！」と言って、またパンチした。


「オリヴィア？」

ジムの声がした。

たえられない。

あたしはあとずさりし、走ってキッチンを出ると、暗くて細いろうかをリビングに向かった。両側から壁《かべ》があたしにせまってくる。あたしは暗闇《くらやみ》にとじこめられた。あたしがいないほうがみんな幸せなんだ。ママが歌ってる。ヘイリーが笑ってる。あたしのいないところでみんな楽しそうにしてる。


「お願い、出して！」

叫《さけ》ぼうとしても、あたしの口はだれかにガムテープでふさがれてて、声が出ない。体を動かそうとしてみたけど、両脚《りょうあし》もだれかにガムテープで巻かれてる。

息ができない。息ができなくて……。

「おまえは、あたしのものだ」

　アメリアの声。

　あたしは両手で耳をふさぎ、リビングにかけこんだ。グレースが暖炉《だんろ》のそばにすわり、大学のパンフレットでメイジーにおうちを作ってあげてる。グレースは顔をあげ、あたしをにらみつけた。

「オリヴィア……」

　胸《むな》くそ悪いガキがきたとでもいうように、グレースが言った。

「だまれ！　何も言うな！　だまれ！」

「ねえ、そういうの、もううんざり。あたしは、あんたがどうなってもかまわない。けどね――」

「もうほっといて！」

　どなると、メイジーが泣きだした。

「ちょっと、何してくれんのよ！」

　グレースはメイジーを抱《だ》きあげ、ゆすりはじめた。あたしは、指を両方の耳につっこんで、頭をソファーのクッションの下に入れた。それでも泣き声が聞こえる。

「何してくれんだよ、このくそガキ！」

　あたしは暗い部屋にいた。暗くて、床《ゆか》はむきだしで、壁《かべ》の一部がはがれてる。よくわからないけど、たぶん、ママと住んでたアパートのどれか。寒くて、じめじめしてて、何かがくさったようなにおいがする。あたしは床《ゆか》の上にいる。どこかで赤ちゃんが泣いてる。

あたしはリビングにもどってた。メイジーが、わあわあ泣いてる。グレースは部屋のなかを歩きまわってる。メイジーをだっこして、「よしよし、だいじょうぶだからね」と、声をかけてる。

「その子をだまらせて！」

あたしがどなると、グレースがくるっとこっちを向いた。

「あんたのせいじゃん。ほんとバカな子ね。そっちこそ、だまりな！」

「あんたのせいだからね」

だれかの声がした。壁《かべ》のまえにだれか背の高い人のシルエットが見える。大きな手。頭には黒いボンネット。タバコと、汗と、怒《いか》りのにおい。

「その子をだまらせないなら、おまえを鉄橋からつきおとしてやる」

メイジーの泣き声が大きくなった。グレースはメイジーをゆすりながら、ぶつぶつ何か言ってる。ママもそうやって、ぶつぶつ言ってた。これは何か悪いことが起ころうとしてるサイン。悪いことが、たぶんあたしに。あたしはカーディガンのポケットに手を入れ、ナイフをつかんだ。ナイフをさやからぬいて、柄《え》をぎゅっとにぎりしめた。

やるしかない。


部屋は、石炭と、こげた木と、何かがくさったような、じめっとしたにおいがした。

「その子をだまらせないなら――」

アメリアの声が、頭のなかにはっきり聞こえた。

「――おまえを、鉄橋からつきおとしてやる」


あたしは、まえにとびだした。

血と雷《かみなり》

あたりは血だらけだった。

リズがくれた赤いカーディガンも血まみれで、グレースの背中から、血がどんどん流れてる。グレースがあたしにどなってる。メイジーが泣きさけんでる。

どういうこと？　あたしはグレースを切りつけたりしてない。刃《は》を向けてもいない。そんなつもりなかった。でも、グレースが、あいだに入ってきた。

ジムの腕《うで》があたしを抱《だ》きかかえ、そこからひきはなした。あたしは抵抗《ていこう》し、足をじたばたさせ、大声をあげた。メイジーが泣きさけんでる。にぎったナイフが血でべとついてる。ハリエットが部屋の入り口で悲鳴をあげてる。何度も。何度も。

ジムはあたしの体を持ちあげ、家の外に運んだ。それから、玄関《げんかん》のかぎをかけた。あたしは両手でドンドン、ドアをたたいた。ドアをけった。ドスッ。ドスッ。ドスッ。ドアの取っ手をつかんで、ガタガタ前後にゆすった。思いっきりけったら、あく？　キッチンの窓を割って、そこから入る？　そう考えたあとで、ほんとは家に入りたくないことに気がついた。そこにあるものを見るのが、こわかった。

ジムはあたしを追いだす。ほかに選択肢《せんたくし》がある？　あたしはグレースを刺《さ》した。メイジーを殺そうとした。胸《むね》のなかで、パニックがバタバタあばれてる。次はどこへ連れていかれるの？　またヴァイオレットみたいな人のところ？「子どもの家」で大きい子たちにいじめられるの？　刑務《けいむ》所《しょ》？

胸がドキドキする。

あそこは血だらけだった。

殺人未遂《さつじんみすい》。あたしはどうなるんだろう？


ジムの友だちのアリソンって女の人がうちにきて、ジムはグレースとメイジーを連れて病院にいった。あたしは、ジムたちが家から出てくるのを見て、こわくなって納屋《なや》のとびらのかげにかくれた。グレースは血まみれだった。ジムも。けど、グレースは車のとこまで、自分で歩いてった。メイだったら、そんなにひどいけがじゃないはず。メイジーも、もう泣いてなかった。ジムは片手でメイジーをジーをだっこして、あいてるほうの腕《うで》をグレースにまわしてた。

ジムは、あたしをさがしてきょろきょろしたりしなかった。あたしのことなんか、頭から消しさったみたいに。別れるとき、ママや、マミーとダディや、アナベルとグレアムが、そうしたみたいに。今朝、ジムはあたしの父親のはずだった。でもいま、あたしのことは、一瞬《いっしゅん》でも見ようと思わないんだ。

あたしは、歩いてあの庭に向かった。噴水《ふんすい》と花壇《かだん》のある、アメリアの幽霊《ゆうれい》のいる、あの場所。そこでだれかがさがしにきてくれるのを待った。でも、だれもこない。あたしは、警察がきてあたしを連れてくと思ってた。あたしがリズのおなかをパンチしたときみたいに。でも、警察はこなかった。あたしは草のなかにしゃがんで、ひざをかかえた。

だれもこない。

死んじゃいたい。

長い長い時間がたった気がしたころ、ダニエルが庭の小道をやってくるのが見えた。あたしはひざをかかえたまま、それを見てた。あたしを見つめるアリソンの顔が、窓からのぞいてる。そっちに向かって中指を立ててやったけど、アリソンは目をそらさない。

「よお」

ダニエルが、ぎこちなく声をかけてきた。

「近くにこないで」と、あたしは言った。

「あんたのことも殺すかもよ」

「おまえはそんなことしないよ」

ダニエルはあたしの横にしゃがんで、地面から小石をひとつかみ、とった。何か考えこんでる感じで、小石を右手から左手、左手から右手へ、いったりきたりさせてる。

「親父《おやじ》から電話があった。グレースは六針《はり》ぬったって」

六針ってすごく多い気がした。

「グレースはあたしをうらんでる？」

「どうかな。みんな家に向かってるって。おまえ、だいじょうぶか？」

「だいじょうぶに決まってるじゃん。だいじょうぶじゃない理由なんてないでしょ？　だって、あたしじゃないから！　アメリアがやったんだから！」

「おまえがやったように見えたけどな」

「そうかもだけど、そうじゃない」

ちがう。あたしだ。

ダニエルは両手から、ばらばらと小石を落とした。

「おまえ、グレースのこと、ぜんぜん心配じゃないの？」

なんて言ったらいいかわからない。もちろん、心配だ。でも、あたしの頭のなかには、あたしと、グレースと、アメリアのことを、全部いっしょに考えられるだけのスペースはない。

「あんたのパパはあたしをどうするつもり？」

あたしは小さな声で聞いた。

「わからないよ」

ダニエルは答えた。


ジムが家についたのは、おそい時間だった。あたしたちはもう寝《ね》る時間で、だけど、あたしは部屋の電気をつけたままにしてて、あのむかつくアリソンも消せとは言わなかった。たぶん、あたしがこわいんだと思う。アリソンは、グレースのことであたしを叱《しか》りつけたりしなかった。だれもしなかった。それが、よけい全部を悪くしてる気がした。みんな、あたしと話すのをこわがってる気がする。自分もあたしに刺《さ》されるかもしれないって。

あたしは横になったまま、眠《ねむ》らないで、ジムとアリソンが低い声で話すのに聞き耳を立ててた。だいぶたって、玄関《げんかん》のドアがガチャッとしまる音がして、ジムが階段をのぼってくる足音がした。あたしは、ジムが部屋に入ってくるのを待った。でも、ジムは入ってこなかった。足音はバスルームに向かって、それからシャワーの水音がした。あたしを無視する気？　この部屋の電気がついてるのに気づいたはずなのに。

しばらくして、足音がもどってきた。足音があたしの部屋のまえでとまった。あたしは待った。ドアがあいて、ジムの顔がのぞいた。

「電気を消しなさい、オリヴィア。とっくに寝る時間だ」

「眠《ね》れない。本、読んで！」

「今日はだめだ。かんべんしてくれ」

「どういうことになったの？」

聞くつもりはなかった。でも、思ってもなかった言葉が、勝手にとびだした。

ジムはちょっとためらって、こう言った。

「それは明日の朝、話そう。とにかく寝《ね》なさい」

「いや！」

あたしはもう、ほんとにこわくてたまらなかった。

「言ってよ。あたしを追いだすんでしょ？」

ジムは答えない。

「追いだすんだ！　そうでしょ？」

「すまない、オリヴィア。こんなことを二度と起こすわけにはいかないんだ」

「あたしはどこに送られるの？」

声がかすれる。

「わからない」と、ジムは言った。

正直な答えだ、すくなくとも。もしジムが「何も心配いらないよ」とか言ったら、ほんとにジムを殺してたかもしれない。

二、三、四、五、六番目の家　キャシーとビル

あたしが五歳《さい》のときまで、ヘイリーとジェイミーとあたしはママといっしょに住んでたけど、ママがお酒を飲みすぎてあたしたちの面倒《めんどう》を見られなくなったときなんかに、ほかの人のところに短いあいだ送られたことは、それまでにもけっこう何度もあった。

ずっとべつのところで暮らすことになるまでのあいだに、いくつの家に預けられたか、正確な数はおぼえてない。リズがまえに調べて、五か所だと教えてくれたけど、三か所しか思いだせない。ひとつはおばあさんひとりの家で、陶器《とうき》の女の人の人形とか、表紙が革《かわ》の本とか、色や柄《がら》が全部ちがうカップやお皿とか、古いものがいっぱいあった。古いピアノもあって、ヘイリーとあたしにさわらせてくれた。

女の人ふたりの家もあって、学校に上がるまえの小さい子を預かってた。その家はいつもうるさくて、いつもあっちこっちにおもちゃがいっぱい転がってた。女の人はふたりとも、こんな具合に

いつもわめいてた。

「妹をたたかない！」

「それにさわらないで！」

「わたしはなんて言った？　だめって言ったよね？　言わなかった？」

いちばんよくおぼえてるのは、ジェイミーが生まれてすぐのころに連れてかれた家。パパとママがいる家で、小さな村にあって、あたしの記憶《きおく》のなかでは、そこはいつでもいいお天気だった。おもちゃはあんまりなかったけど、そんなのどうでもよかった。とにかくすっごく広い庭があって、ジャングルジムやタイヤで作ったブランコがあったし、木登りできる木が何本もあったし、大きなパティオがあって、そこにチョークでお絵かきさせてくれたし、ネコが二匹《ひき》いて、夜はあたしのベッドに乗ってきて、あたしを守ってくれた。

そこの家のママはキャシーって名前で、パパはビルって名前だった。ふたりはいつも、ヘイリーのことを「スイーティーパイ」ってよんで、あたしのことは「トラブル」ってよんだ。でも、ぜんぜんいやな感じじゃなくて、あたしがいろいろいたずらしても、怒《おこ》らないでおもしろがってくれてた気がする。

ビルはいつも「調子はどうだ、トラブル？」って聞いてきて、あたしはその日にやろうと思ってることを、全部話した。もしそれが、屋根にのぼるとか、アイスクリームをひとりで全部食べちゃうとか、ビルのしてほしくないことだったりすると、ビルはこう言うの。

「おれなら、そんなことしないね。おれは腹ぺこになって、おまえを食っちゃうかもしれないぞ！」

そして、ガブガブ、ムシャムシャ言いながら、あたしを食べるまねをするの。最初は本気かと思ったけど、まねだけだってわかってからは、おかしくてげらげら笑った。

ビルは、うしろにチャイルドシートのついた大きな自転車を持ってて、それで出かけるときには、あたしをシートにのせ、ベルトをしめて、いっしょに連れてってくれた。風が髪《かみ》をすりぬけてく。あたしは足を両側にたらして、想像したの。ビルがあたしのほんとのパパで、いつまでもずっといっしょに暮らすんだって。あたしが何かに怒《おこ》ってると、ビルはいつも抱《だ》きしめてくれた。ぎゅうっと。だけど強すぎないくらいに。あたしは抱きしめられるのがきらいだけど、ビルだけはべつだった。たぶん、あたしがまだすごくちっちゃくて、ビルがすごくやさしくしてくれたからだと思う。あたしは何かに怒ると、自分でそれがすごくおそろしくなるときがある。だって、あたしの怒《いか》りはすごく大きくて、すごくこわくて、自分がオリヴィアじゃなくなって、モンスターか何かになっちゃって、そしたらそのモンスターが何をしだすか、だれに攻撃《こうげき》をしかけるのか、自分でも予想つかないから。だけど、キャシーとビルの家では、モンスターがビルの腕《うで》のなかより大きくなることは、ぜったいなかった。

ふたりのことは、ほかにはあんまりおぼえてない。一度たき火をたいてくれて、それでマシュマロを焼いて食べたことがあった。夜、寝《ね》るときには、本を読んでくれた。ジェイミーは家にいるときとちがって、泣いて泣いて泣きやまないなんてことは、一度もなかった。

担当のソーシャルワーカーが、あたしたちはほんとのママのとこにもどっていっしょに暮らさなきゃならないって言ったとき、キャシーはすごく怒《おこ》った。泣いて抗議《こうぎ》して、あたしたちを帰さなきゃならない日がくると、あたしを力いっぱい抱《だ》きしめて、「できるなら、帰したくない」って言った。あたしはそれをどう感じたらいいかわからなくて、だって、キャシーとビルの家は大好きだけど、ママのことも大好きだったから。

キャシーとビルはたぶん、あたしをほしがってくれた最後の人たち。もしいっしょにいることがゆるされてたら、きっとあたしたちを養子にしてくれたはず。でも、たぶんあのあとでべつの子どもたちを養子にして、いまはもう、あたしのことなんかほしいとは思わないだろうな。どっちみち母親とか父親たちが子どもをほしがるのは、小さくてかわいいあいだだけ。十一歳《さい》って、養子にするにはもう大きすぎる。

霊《れい》たち

あたしは、アイヴィー家から追いだされた。当然だけど。

十七番目の家は、アンディとクリスっていう男の人ふたりの家だった。悪くない。ふたりは、ブリストルの端《はし》っこにある小さな家に住んでた。あたしの部屋はちっちゃくてシンプルで、ベッドの下のほうに、まえにいただれかのかんだガムが貼《は》りついていた。

その家にうつった最初の晩に、リズが電話してきた。

「お説教はやめてよね！」

あたしは、かみつくように言った。

「オリヴィア、落ちついて。まだ何も言ってないわ」

「あたしのせいじゃない！」

あたしは大声でつづけた。

「あたしがやったんじゃない！　ジムは、理由もないのにあたしを追いだしたのよ！」

「オリヴィア——」

「あたしじゃない！　どならないでよ！　あいつがあたしにやらせたの！」

「どなってないわ。だれがあなたにやらせたの？　アメリア・ダイアー？」

「あ……いまの、忘れて」

あたしはいきなり電話を切った。ぶつっと。またかけてくるだろうと思ったけど、リズはかけなおしてこなかった。


何があったか聞きたがるのは、リズだけじゃなかった。たっくさんの人が、ずっとあたしのことを話してた。あたしがいるとこでも、いないとこでも。アンディがリズと電話で話してるのも聞いたし、クリスがキャロルと話してるのも聞いた。夜おそく、みんながもうあたしは寝《ね》たと思ってる時間に。キャロルは、あたしをフェアフィールズにもどしたがってた。リズは、あたしをどこかの家庭で預かってもらうべきだと考えてる。ただし、ほかに子どものいない家に。アンディとクリスはどう思ってるんだろう？　あたしがどんなに危険か、いろいろ聞いたはずだけど。

子どもが自分しかいない家で暮らすのは、変な感じがした。ジムの家ではいつだって遊び相手がいたし、いつもどこかで何か起こってた。ここでは、何もない。アンディとクリスが仕事のときは、バカみたいな遊びのグループにいかされて、そこではほかの子はみんなおたがいに知り合いで、わけわかんないルールがあって、トランポリンをしていいのはひとり何分とか決まってて、そういうのをみんなは知ってるけど、あたしは知らなくて、叱《しか》られてばかりいる。それがすごくいや。だけど、家に帰るのはもっといやだった。アンディのゲーム機で遊んでいいのは一日三十分だけだし、テレビを見ていいのも一日三十分。外で自転車に乗ってもいいけど、走っていいのは家のまえの道だけで、どうせ近所にいっしょに遊べるような子はいないから、めったに乗らない。たまにアンディとクリスがボードゲームで遊んでくれるけど、だいたいの時間はひとり。ほかの子がいない生活なんてリズと暮らしてたとき以来で、それがどんなにさびしいものか、あたしは忘れてた。

アンディとクリスの家にきてひとつだけよかったのは、ここにはアメリアがいないこと。でも、それはある意味よくないことで、だって、それはつまりアメリアがまだジムの家にいるってことだし、だとすればアメリアが何をするか、気になってしかたなかった。今度は、あたしのかわりにハリエットにとりついてる？　それともグレース？　グレースにとりつくかもしれない。だって、グレースは、結婚《けっこん》しないで子どもを産んだっていう、あの話の女の人にちょっと似てるから。あたしは、自分がこういうことをすごく心配してることにおどろいた。あたしは、自分が刑務所《けいむしょ》送りになるのはぜんぜんかまわないと思ってた。牢屋《ろうや》のなかにいるのも、フェアフィールズで暮らすのも、たいしたちがいはないから。だけど、グレースはちがう。グレースは大学にいこうとしてる。グレースに悪いことなんか起きてほしくない。その気持ちにも、自分でおどろいた。だって、ふだんなら他人がどうなろうと、ぜったい気にしたりしないし。

アンディとクリスとの生活は問題なかった。こわいことが何もないから。ただ……ほんとに何もない。からっぽで、変化がなくて、割れたあとの風船みたい。空気がぬけて、しぼんだ風船。そんな感じだった。

アンディとクリスの家にアメリアはいないけど、それでもアメリアのことを考えてしまう。アメリアの夢も見た。夢のなかのアメリアは、年とってて、太ってて、邪悪《じゃあく》な感じがした。リビングで、石炭をたいた暖炉《だんろ》のそばにすわって、パイプをふかしながら邪悪な計画を立ててた。それか、庭にすわって、草ぼうぼうの花壇《かだん》のそばで、グレースと、メイジーと、ジムと、それからあの家に引《ひ》っ越《こ》してくるみんなに、おそろしいことが起きるのを願ってたり。

あたしは、アメリアがあたしにさせたがってたことを自分がほんとにしてしまったのが、すごくいやだった。アメリアがアイヴィー家をあたしからうばったことに、ものすごく腹を立ててた。アメリアの勝ちって気がした。アメリアに負けるのは、ダニエルとか、リズとか、あたしの好きなだれかに負けるのより、ずっといやな気分。アメリアの勝ちってことは、ヴァイオレットの勝ちみたいで、フェアフィールズにいた大きい子たちのなかでも最悪なやつの勝ちみたいで、すごくいやだ。闘《たたか》いたいって思った。あたしはずっと闘ってきた。自分ならあたしにどうするべきか教えられるって思ってる人たちと。あたしに自信をなくさせ、だめな子だと思わせようとする人たちと。自分ならあたしの何もかもどうでもいいって気持ちを変えられるって思ってる人たちと。だけど、自分から何かのために闘いたいと思ったことは一度もない。そんな気持ちは初めてで、自分がそれをいいと思ってるのかどうかもわからなかった。

あたしはヘレンに、どうすれば幽霊《ゆうれい》をやっつけられるか聞いてみた。でもヘレンは、フラッシュバックと闘《たたか》う方法を聞かれたと思ったみたいで、バカみたいなツールとか、エクササイズとか、そういう話ばかりしてきた。

「脳がどうとか、そんなバカみたいな話じゃないの！　幽霊の話！　アメリアのことを言ってんの！　ほんものの、頭のいかれた、邪悪《じゃあく》で、人を殺す幽霊のこと！」

「オリヴィア……」

ヘレンがあたしの名前をよんだけど、あたしはもうめちゃくちゃ腹が立って、聞いてなんかいられなかった。

「ちがう！　いいから、なんか教えてよ！　なんでもいいから！」

「わかったわ。落ちついて、オリヴィア、落ちついて」

あたしは落ちつきたくなんかなかったけど、ヘレンはすわったまま、とにかくあたしが落ちつくのを待ってた。そして、あたしがだまると、こう言った。

「いい？　わたしがおそれとか、こわくてたまらなくなったときのことについて、話したのをおぼえてる？」

あたしは首を横にふった。

「あのね、脳っていうのは、いろんなものをつなぎあわせて関連づける機械なの。暗い場所がこわいのは、あなたが暗いところでいやなことを体験したのを脳がおぼえてるから。あなたのお母さんやヴァイオレットが、罰《ばつ》として、いつもあなたをどこかにとじこめてたからよ。だから、それと闘《たたか》うには、脳に新しいパターンを教えこむのがいいの。暗い場所がみんなこわいわけじゃないってことを教えてあげるの。暗いところにいてもぜんぜんこわくないって経験をかさねていくと、脳は徐々《じょじょ》に新しい関連づけをするようになる。これまでわたしたちがそれをしなかったのは、あなたの負担にならないペースで進める必要があったからで――それに、あなたを暗い部屋にむりやりすわらせても、おそらく逆効果になってたと思う。だけど、そうすれば、アメリアにあんたなんかこわくないってとこを見せつけてやれるんじゃないかしら。わたし、アメリアがくるときのきっかけについて考えてみたの。たとえば、あなたがひとりきりでいるとか、赤ちゃんとか、赤ちゃんの泣き声とか、夜とか。それで、ぜんぜんこわくない赤ちゃんをたくさん見るとか、ぜんぜんこわくない夜を体験するとか、そういうところから、脳のパターンを書きかえることを始めたらどうかしら。そうすれば、脳にそういうものをおそれる必要はないって教えることができる」

「それでアメリアは消えてくれる？」

「ええ。そうなると思うわ」

そんな解決法、あたし的にはなんかくだらない感じがした。あたしは毎晩、毎晩、夜を体験してるわけだけど、それでもやっぱり夜がこわい。それに、どうやって赤ちゃんに会うの？　グレースにはもう完全にきらわれちゃってるから、あたしがメイジーに近づくなんて、ぜったいさせないと思うし。

でも、ヘレンが言った、アメリアにあんたなんかこわくないってとこを見せつけるって話は、気に入った。それは効き目あると思う。アメリアは、学校のいじめっ子たちと似たとこがある気がする。びくびくしてたら、こっちの負け。でも、こっちからガツンとやってやれば、手出しはしてこない。

ガツンとやることにかけては、あたしはエキスパート。おとなだってやっつけられる。相手の弱点を見つければいいだけ。そして、見つけたらそこをガンガンねらいうちにすれば、そのうち、向こうはばったり床《ゆか》にたおれる。アメリアがたおれたりするかは知らないけど、アメリアの弱点なら知ってる。あの噴水《ふんすい》のそばの花壇《かだん》。芝地《しばち》のつきあたりにある、暗くて邪悪《じゃあく》な、草ぼうぼうのあの場所。あそこへいくたび、アメリアはあたしについてきた。いらいらアナベルは、あの人のダメ母っぷりをあたしがまねして見せてやるたびに、かんかんになってた。あたしのママは、自分がいやな気分のときにあたしが楽しそうにしてると、すぐあたしにからんできた。あの場所は最初からきらいだけど、アメリアが本格的にあたしにつきまといだしたのは、ハリエットがアメリアが赤ちゃんたちを埋《う》めたのはあそこだって言ったときからだ。たぶん、ほんとにあそこに埋めたんだと思う。

あたしがその赤ちゃんたちを見つけたら、どうなるだろう?

あたしはダニエルの携帯《けいたい》に電話した。

「気をつけなよ。あたし、そっちにもどるから」

ハリエットが見つけたもの

ジムの家までいくのは、かんたんだった。あたしが最初にしたのは、遊びのグループのスタッフのかばんから財布《さいふ》をぬすむことだった。いちばん若くていちばんまぬけづらした女の人を選んだら、その人は財布がなくなったのをだれかに言いもしなかった。

その次に遊びのグループにいくことになった日の朝、アンディに送ってもらったあと、あたしはいったん建物のなかに入って、トイレにかくれた。それで、アンディが帰ると、トイレから出て駅のタクシー乗り場にならんだ。あとは、タクシーに乗って、運転手さんにジムの家の住所を言うだけ。乗り場では、なるべくまえにならんでる家族にくっついて、あたしもその家族のひとりに見えるようにしたし、あたしがひとりでタクシーに乗ることは家族も知ってて、ぜんぜん問題ないってふりをした。運転手さんは、あたしがひとりで乗っても、とくに何も言わなかった。たぶん、そんなへんぴな場所にあるバカみたいな農場にいったからってべつに問題は起こらないって思ったんだろうな。

ダニエルとハリエットは、道の終点の、あたしが言った場所で待ってた。ふたりには何をしてほしいかは言わないで、ただ、あたしがもどるってことだけを伝えてあった。

「とめて！」と、あたしは運転手さんに言った。

「ご両親はきみがここにいることを知ってるの？」と、運転手さんが聞いた。

「あんたに関係ないでしょ！　これ以上バカみたいな質問したら、お金はらわないからね！」

あたしが言うのを聞いて、ダニエルが窓からすかさず言った。

「知ってます。この子、ぼくのいとこなんです。オリヴィア、代金はらって早くこいよ」

あたしは運賃をはらうと、運転手にそれ以上何か言われるまえに、車をおりた。運転手は何かぶつぶつ言ってたけど、そのまま走りさった。

ハリエットが走ってきて、あたしに抱《だ》きついた。あんまりぎゅうっと抱きしめるから、あたしは窒息《ちっそく》しそうになった。

「ちょっと！　息ができないよ！」

「会いたかった」

ハリエットはそう言って、あたしから離《はな》れた。ダニエルを見ると、なんだかむずかしい顔をしてる。

「あのお金、どうしたんだよ？」

「ぬすんだ。なんでそんなこと聞くの？　警察に通報する気？」

「いや……」

ダニエルはそう言ったけど、やっぱりあんまりいい顔はしてない。

「おまえ、なんでいつも、そういうつまんないことすんの？」

「だって、ほかにどんな手を使えば、ここにこれる？　ジムにいうわけ？　ねえ、おこりんぼの里親さん、あたしをダニエルのおうちにもどしてよ、ダニエルくんのちっちゃい妹を今度こそ殺してあげるからって？　いいから、いくよ！」

あたしはダニエルの手をひっぱり、小道を歩きだそうとした。でも、ダニエルは動こうとしない。

「待てよ。いったい何しにきたんだよ、ほんとのとこ？」

「アメリアと闘《たたか》うの」

いざ説明しようとすると、自分の計画がちょっとバカみたいに思えてきた。

「アメリアに、もうあんたなんかこわくないってとこを見せつけてやるのよ。あいつのいちばんの弱点を突《つ》いてやる。あたしに突かれたくないと思ってるとこを。それで――なんていうか――理由をつきとめる」

ダニエルは、いいかげんにしろよって感じのため息をついた。ハリエットがクスクス笑う。

「だろうな！　わかってるさ！　言わなくていいよ！　例の花壇《かだん》だろ？　アメリア・ダイアーがかくした昔の金貨が二百枚と、魔法《まほう》びんに入った永遠の若さをたもつ薬が、マリーゴールドの花の下に眠《ねむ》ってて、おれたちがそれを掘《ほ》りだしたら、オリヴィアのかかえてる問題はぜーんぶ解決して、親父《おやじ》はおまえを養子にして、おれたちみんないつまでも幸せに暮らしましたとさ、めでたし、めでたし。だろ？」

てつだってくれないんだ。父親にあたしのこと言いつけて、そしたらジムはあたしをアンディとクリスの家に帰して、そしたらアメリアはこの家にずっととりついたままで、だれかに赤ちゃん殺しをさせつづけて、もしかしたら、次はグレースをねらう気かもしれなくて、なのに、あたしにはなんにもできない。

あたしはダニエルに近づき、けりはじめた。ダニエルはうしろによろけた。

「おい！　やめろよ！」

あたしはダニエルの髪《かみ》をつかみ、思いきりひっぱった。ハリエットはその場でぴょんぴょんとびながら悲鳴をあげはじめ、その声はどんどん、どんどん、大きくなって、顔はどんどん、どんどん、不安そうになってく。

「オリヴィア、やめろってば！」

「ふざけないでよね！」

あたしはダニエルをどなりつけ、また髪の毛をひっぱった。ダニエルの恐怖《きょうふ》のにおいがする——はっきりと、すぐそばで。恐怖は——自分じゃないだれかの恐怖は——いつでもあたしをいらだたせる。

「わかった！　もうふざけない！　頼《たの》むよオリヴィア、なんでこんなことすんだよ？」

「アメリアがかくしたものを見つけなきゃならないの。つまり死体よ、ハリエットが言ってたでしょ、ぜったいそれ。死体を見つける必要がある。でないと、ジムがあたしを追いだしたって意味ない。メイジーはどっちみち、死ぬことになる。アメリアは、何かべつの方法を見つけてメイジーを殺す。あたしにはわかる」

ダニエルは信じてないようだけど、そこはどうだっていい。てつだってくれさえすれば。


あたしたちは、ジムの家に向かう坂をのぼった。ダニエルは、ジムのオフィスからこっそり物置のかぎをとってきた。なんでか知らないけど、ジムは里子に除草剤《じょそうざい》や、生垣《いけがき》バリカンや、枝切りばさみを、勝手にさわらせないようにしてる。

なんでなのか、ほんと理解できないけど。

ダニエルとあたしは一本ずつシャベルをとって、ハリエットは小さなスコップを持った。あたしが先頭に立って、あの花壇《かだん》までいった。明るい午前中だっていうのに、やっぱり気味が悪い。しめった土と、くさりかけた葉っぱと、木の皮と、それに、アメリアのにおいがする。あたしは、あのぞわぞわっと鳥肌《とりはだ》が立つような、すごくいやな気持ちになった。だれかに見られてる感じ。邪悪《じゃあく》なだれかに。うしろを向いて逃《に》げだしたくなる。でも、メイジーのことを思いだして、ふみとどまった。

「ここよ。わかんないけど、とにかくここのどこか。掘《ほ》ってみるしかない」

　で、あたしたちは掘りはじめた。

　最初のうち、あたしは掘ることに集中し、アメリアのことは考えないようにした。なんだか楽しい気もしてきた。砂浜《すなはま》で穴を掘って、海の水をためようとしてるみたいで。でも、すぐに飽《あ》きてきた。そうなると、掘るのはしんどかった。土のなかには石がごろごろしてて、シャベルの先でそれを掘りださなきゃならない。たまにすごく大きい石もあって、そうすると、まずまわりの土を全部どけてからでないとそれをどかせなくて、そうすると、だいたい二倍も大きな穴を掘らなきゃならなくなる。それに、穴が深くなると、シャベルを大きく動かせないから、すごく掘りづらい。

　あたしたちはいつまでも掘ってた。思ってたより、ずっと長い時間がかかった。アメリアはすがたをあらわさない。掘れば掘るほど、アメリアの気配はうすれてく。そのうち、アメリアのにおいも感じられなくなった。

　あたしひとりだったら、たぶん二分くらいで投げだしてたと思う。でも、ハリエットとダニエルがいるから、それはできなかった。あたしが掘るのをやめたときのダニエルの顔が思いうかんだ。それに、ハリエットは夢中になってた。ハリエットの作業がいちばんかんたんで、それはハリエットがスコップを持ってたからで、あたしもダニエルも、シャベルが進まなくなるたびに、ハリエットをよんだ。そうすると、ハリエットはじゃまになってる石のまわりを、どんなに大きな石でも、シャベルの先をひっかけられるくらいまで、せっせと掘ってく。空はうっすら白く晴れてて、風はない。暑くもないし、寒くもない。土のにおいと、しめった草や葉っぱのにおいはするけど、アメリアのにおいはしない。いいにおい。もうずっとまえから感じたことがないくらい、気分よかった。

「どうしてこんな深くに埋《う》めたのかな？」と、ハリエットが言った。

「深く掘《ほ》って埋めたわけじゃないかもな」と、ダニエルが言った。「土作りするとき、もともとあった土の上に、新しい土をかぶせたりもするだろ」

土作りなんて知らない。土って、ただそこにあるものじゃないの？　山とかピラミッドみたいに。

ハリエットは、まだスコップで石のまわりを掘ってる。

「てつだって。すごく深いの」

あたしはシャベルを持って、ハリエットのそばにいった。

「どこ？　ここ？」

あたしは、ガッとシャベルを押《お》しこんだ。石がバリッと音を立てた。

「割れちゃったじゃない！」

ハリエットが責めるように言った。

「だって、石でしょ？　ちがう？」

あたしはもう一度、シャベルでその石を押した。

バリッ。

「石じゃない」

ダニエルが言った。

「頭がい骨だ」

「なんの？」と、ハリエットがおそるおそる聞いた。「犬？」

「わからない。オリヴィア、もう押《お》すな。こわれちまう。気をつけろ」

「犬なんかじゃない」と、あたしは言った。

「人間よ。アメリアが殺した赤ちゃん」

アメリアと、死んだ赤ちゃん

ダニエルとハリエットとあたしは、赤ちゃんのまわりの土をどけた。

「警察に連絡《れんらく》しないと」と、ダニエルが言った。

「なんで?」と、ハリエットが聞いた。

「だって、死体だろ? ここは事件現場だ」

「ちがう。これは……考古学だよ」

あたしは言った。

「そんなの、わかんないだろ」

ダニエルはそう言ったけど、あたしにはわかる。

「パパに言わなきゃ」とハリエットも言ったけど、「先に掘《ほ》りだしちゃおう」と、あたしは言った。ジムがきたらいろいろ説明しなきゃならないし、叱《しか》られるし、アンディとクリスに連絡されるし、罰《ばつ》を受けることになる。でも、罰をあたえるのはジムじゃない。ジムはもうあたしのパパじゃないから。ダニエルやハリエットと土を掘《ほ》るのは、楽しかった。もう少しだけでいいから、ふたりがあたしのきょうだいだってふりをしていたい。

赤ちゃんの骨は完全なかたちで残ってて、横向きに土のなかに埋《う》まってた。体をつつんでた泥《どろ》まみれの灰色の毛布の一部も、まだ残ってる。毛布の下には、土をかぶって朽《く》ちかけたぼろぼろの古い服も見えた。

「この子、なんて名前かな？」

ハリエットが言った。

「名前なんか、なかったかもな。生まれたばかりだったかも」

ダニエルの言葉に、あたしは言いかえした。

「そんなことない。この子、メイジーくらい大きいよ」

「親父《おやじ》に言わないと」

あたしが文句を言う間もなく、ダニエルは立ちあがった。

「あたしもいく！　あたしもパパに言いたい！」

ハリエットもそう言って、ふたりはあたしと赤ちゃんをその場に残して、いってしまった。あたしはすわって、赤ちゃんをじっと見た。ちっちゃくて、死んでて、あんまり人間っぽく見えない。すわってると、木のあいだから何かが聞こえてきた。長いこと歩いたあとでやっと腰《こし》をおろしたときとか、休憩《きゅうけい》しようと重い荷物をおろしたときのため息に似た音。あたりの木がさわさわとゆれてその音を吸いあげ、一瞬《いっしゅん》、あたしのまわりの庭全体がため息をついたように感じられた。

ただの風かもしれないけど。

あたしは、赤ちゃんの毛布にちょっと触《ふ》れてみた。泥《どろ》でかたまってかたくなってる。赤ちゃんは、泥と、ぬれた葉っぱと、何か古くて、かびくさくて、悲しいにおいがした。アメリアのにおいはしない。アメリアのにおいは、どこにもしなかった。ただ、木と、花と、しめった庭のにおい、それと、アンディとクリスの家の子ども用シャンプーのにおいがした。

消えた。アメリアはいってしまった。

うれしいはずなのに、そのとき感じたのは、静けさと、悲しみと、負けたような気持ちだけ。けっきょく、あたしをほしいとは思ってもらえない。アメリアがいなくなったって、だれもここにあたしを置きたいとは思わない。あたしは、死んだ赤ちゃんといっしょに土のなかにもぐって、二度と出てきたくないような気持ちになった。

一番目の家　ママ

ママと暮らしてたのはあたしが五歳《さい》のときまでだけど、いまでもママのことはたくさんおぼえてる。背が高くて、やせてて、髪《かみ》はあたしみたいな黒だけど、あたしより長くて、もしゃもしゃだった。ママは指輪やブレスレットをいっぱいつけてた。右の腕《うで》にはチョウチョのタトゥーがあった。

ママはやさしいときもあったし、こわいときもあった。やさしいときのママはすてきだった。大きな音で音楽をかけて、家のなかをおどりまわって、あたしたちみんな、ママといっしょにおどらないといけなかった。

ベイビー、今夜抱《だ》きしめていいかい？

ママはそう歌いながら、あたしの体をふわっと高く持ちあげた。あたしがこの世でいちばん好きなのは、ママのひざにすわって髪《かみ》をあんでもらう時間。ママは髪をあみながら、いつかあたしたちがお金持ちになったら住むすてきな家のこととか、あたしたちにどんなおもちゃを買ってくれるかとか、あたしたちがどんなに幸せになれるかとか、いろんな話をしてくれた。

「ママのこと、どれくらい好き?」

ママはヘイリーとあたしに聞いて、あたしたちはめいっぱい腕《うで》を広げて、「これくらい!」と答えた。

あたしはママを大好きだったけど、ママはあたしがきらいだった。あたしは邪悪《じゃあく》だから。あたしは悪魔《あくま》の子だから。ママはヘイリーを愛してて、赤ちゃんだった弟のジェイミーのことも愛してた。ふたりとも、ちっちゃくて、かわいくて、おもしろかったから。でも、あたしはちがった。

よそのママはいつでもすてきだった。でもそれは、あたしの面倒《めんどう》を見なくていいから。あたしはすごく悪い子だったから、ママはそれでおかしくなっちゃうの。

「ほんとにバカな子ね!」

ママはいつも、あたしにどなってた。

「あんた、死んでくれない?　そしたら、あたしは幸せになれるのに」

ママはあたしをたたいて、あたしのなかから悪いものを追いだそうとしたけど、どうしても出ていかなかった。ママは、かさとか、靴《くつ》とか、そばにあるものをつかんで、あたしをぶった。ぶたれるってわかってるのに、あたしはいつまでも悪い子だった。だから、ぶたれるのは、あたしのせい。

ぶったあと、ママはあたしを戸棚《とだな》にとじこめて、とびらのまえにベッドを押《お》してきて、あたしが出られないようにした。戸棚のなかはまっ暗だった。ママは、何時間も、何時間も、何時間も、出してくれないことがあった。ママの歌う声が聞こえて、ヘイリーとジェイミーの笑う声が聞こえた。あたしがいないときのみんなは、いつもすごく楽しそうだった。

そのとき、あたしは五歳《さい》だった。ママがスーツを着た女の人にそう言ってたから、わかる。スーツの女の人は鼻をくんくんさせて、いつもじゃないけど、あたしたちをよその家に連れてくことがあった。五歳ってだいぶ大きいけど、たんじょう日のパーティーはしてもらったことないし、ケーキも、プレゼントもなかった。どうしてってママに聞いてみたことがあるけど、「パーティーしてほしかったら、もっといい子になりなよ。あんた、ぜんぜんいい子じゃないよね？」って言われた。

ほんとはあたしのたんじょう日を忘れちゃったんじゃないかと思う。だって、ママはすごく忘れっぽいから。食べ物を買うのも忘れるし、ジェイミーのおむつをかえるのも忘れて、ジェイミーが泣くと、泣くなってどなる。

「いつまでも、ギャーギャー泣いてんじゃないよ！」って。

ママはよく酔《よ》っぱらって、あたしを戸棚にとじこめたのを忘れた。出かけたまま、何日も、何日も帰らなくて、あたしたちをかぎのかかった家に置いたままにして、あたしたちのことを完全に忘れたりもした。

あたしはヘイリーとジェイミーの面倒《めんどう》を見ないといけなかったけど、あんまり上手にできなかった。ジェイミーを泣きやませることができなくて、ごはんの用意もうまくできなかった。豆の缶詰《かんづめ》をあけようとして、手を切っちゃったことがある。血が床《ゆか》にいっぱい落ちて、がんばって拭《ふ》きとろうとしたけど、きれいにできなくて、ママが帰ってきたとき、革《かわ》のベルトでぶたれた。でも、だいたいは食べ物がぜんぜんなくて、ヘイリーもジェイミーも泣いちゃって、だって、ふたりともすごくおなかをすかせてたから、だけど、あたしにはどうしたらいいかわからなかった。

ママがあたしをぶとうとしてるときは、いつでもそれがわかった。ママのきげんがどんどん、どんどん悪くなって、ママはいろんなものを床に落として、言う。

「くそっ、くそっ、くそっ、くそっ、くそっ、くそっ、くそっ」

いつも飲んでるリンゴのお酒がなくなったときは、たいていあたしをぶつ。

ぶたれるのを待ってるあいだが、いちばんいや。どうせぶたれるんだから、あたしはいつもなんとか早くぶたれようとした。そうすれば、いやな時間が終わるから。

あたしは、たとえばこういうことをして、早くぶたれるようにした。

しつこくいろいろ質問する。

ぐずぐず文句を言う。「靴《くつ》がきつい」とか「おなかがすいた」とか。

泣くのも効果がある。悲しそうにするとか、逆に楽しそうにするとか、ママが頭痛がするって言ってるときに騒《さわ》ぐとかも。

「あんたなんか、あたしの娘《むすめ》じゃない」

ママはそう言った。ときどき、ほんとにそうじゃないかと思うことがあった。ヘイリーやジェイミーとあたしは、たとえばこんなとこがちがう。ヘイリーとジェイミーはかわいくて、髪《かみ》は金色。あたしは、やせっぽちで、髪は黒くて、かわいくない。

ふたりはママをにっこりさせられる。あたしはママを怒《おこ》らせる。

あたしは、里親になった人があたしたちを入れた幼稚園《ようちえん》や学校のほかの子とも、ちがってた。お人形とか電車のおもちゃを見ても、遊びかたがわからない。お話を聞かせてもらうときも、どうやって聞いたらいいか、わからなかった。ほかの子たちはだれかといっしょに遊んだけど、あたしとは遊んでくれなかった。あたしはみんなのやってる遊びがわからなくて、いつもやりかたをまちがえた。

あたしは人間じゃないのかもって、思うこともあった。人のすがたはしてるけど、ほんとはエイリアンか、魔女《まじょ》か、モンスターなのかもって。でも、心のおくでは、そんなことないってわかってた。ヘイリーやジェイミーとは似てないけど、あたしはママとよく似てたから。大きくなったら、きっとママそっくりになると思う。

ママみたいにはなりたくない。でも、どうしたらそうならないですむのか、わからない。

花壇《かだん》の下の赤ちゃんたち

花壇《かだん》の下に埋《う》められてた赤ちゃんは、ひとりじゃなかった。五人だった。

「五人よ！」と、ハリエットは言った。でも、それはあとになってからの話。ハリエットとジムは、アンディとクリスの家まであたしに会いにきた。ハリエットは興奮して、ぴょんぴょんとびはねてた。

「五人の赤ちゃんがうちの庭に埋まってたの。なのに、あたしたち、ぜんぜん知らなかったんだよ！」

「あたしは知ってたよ」と、あたしは言った。

「オリヴィア」

ジムは床《ゆか》にひざをつき、ジムの顔があたしの顔と同じ高さになった。

「きみはほんとに知ってたわけじゃない。ハリエットもぼくも、アメリアはたぶんあそこに赤ちゃんを埋《う》めたんだろうって言ってただろ。予測が当たってたってだけだよ」

「でも、あたしはアメリアを感じたの！」

「きみがアメリアを感じるると思ってたのは、知ってるよ。けど――」

あたしは、それ以上聞きたくなかった。

「なんにもわかってないくせに！　だまっててよ！」

怒《おこ》ると思ったけど、ジムはため息をついただけだった。

「たぶん、きみの言うとおりだ。すまん。悪かった」

ジムはあたしの肩《かた》に腕《うで》をまわしたけど、あたしはそれを押《お》しのけた。

「さわらないで！　さわるのも、だめだからね！」


ジムの家には、本格的な捜査本部《そうさほんぶ》が設置された。警察の人が何人もきて、立ち入り禁止のテープがはられて、警察犬も何頭かきたし、ほかにもいろいろ。警察は何日もジムの家にいて、ついに赤ちゃん全員を発見した。

あたしは、そのほとんどを見ることができなかった。だって、まだアンディとクリスの家に住んでたから。けど、ようすだけは聞いてた。ハリエットがいちいち電話してきて、赤ちゃんが何人になったっていう最新情報を教えてくれたから。

「レポーターの人があたしたちの話を聞きたいって！」

ハリエットは興奮してた。

「でも、パパがことわっちゃったの！　だけど、あたしたち、警察の人にはずっといろいろ聞かれてるよ」

「あんたのパパが犯人だって思われてるんじゃない？　それか、あたしが！」

この話はローカルニュースでも流れたし、新聞にものった。それって、めちゃくちゃ不公平だと思う。一生に一度の有名になれるチャンスだったのに、あたしがべつの家に住んでるってだけで、それがだめになるなんて。もし、まだジムの家にいたとしたら、あたしもテレビに出られた。新聞にもあたしのことが書かれてたはず。それできっと、あたしの悲劇的《ひげきてき》な人生についての話も全国の新聞にのって、どこかのお金持ちの家が、あたしを養子にしようって決めてくれたかもしれないのに。それに、事件現場って、いままで一度も自分の目で見たことない。テレビで見ただけ。だから、あたしも見にいきたかったけど、アンディとクリスにだめって言われた。

あたしも警察には話を聞かれた。あたしたちが骨を見つけた次の日に。警察官は、男の人と女の人のふたりだった。

「何があったか、自分の言葉で話してくれる？」

女の警察官が言った。

「えっと……あの花壇《かだん》の下に何かあるってことは、わかってました。近くにいくと、いつもアメリアがとりみだしたから」

「それって、赤ちゃん農場の？」

「そう、アメリア・ダイアー。ヴィクトリア時代にジムの家に住んでたの。四百人以上の赤ちゃんを殺して、大量殺人の罪《つみ》で絞首刑《こうしゅけい》になったの。あの家にとりついてて、あたしにグレースの赤ちゃんを殺させようとした。もういなくなったけど、天国にはいってないと思う。だって、邪悪《じゃあく》だから。リズは、邪悪な人なんていない、ただ悪いことをしただけ、アメリアもそうかもって言ってたけど」

「なるほど……」

その人は、なんて言ったらいいか、よくわからないみたいだった。

「それで……とりみだすって、どういうこと？」

「わかってるでしょ。あたしをどなりつけたり、あたしのこと、邪悪だって言ったりするの。悪い霊《れい》がよくやるようなやつ」

その警察官と長いこと話したけど、ものすごくバカみたいな会話だった。あたし、警察は知りたいだろうと思ってた。霊と話せるっていうあたしの特殊能力《とくしゅのうりょく》がどんなものか、ほかの赤ちゃんの死体もかぎあてられるのか、週末に専用の車に乗って刑事《けいじ》さんの助手をする気があるかどうか。でも、そうじゃなくて、そいつらはあたしがうそをついてるって決めつけ、どうにかしてちがう筋書きの話をさせようとした。あたしは、わあわあ泣きだして失礼なことをしたこのふたりをクビにさせてやろうかとも思ったけど、めんどくさいからやめた。

そのあと、警察はまた長いこと、アンディとクリスと話してた。話が聞こえないよう庭にいってろって言われたけど、あたしの新しいパパたちは、警察にあたしは頭がおかしいっていったんだと思う。だって、そのあと警察はもう、あたしから話を聞こうとはしなかったから。あたしは警察の人たちに言った。

「あたしの取り調べをしたいんじゃないの？　べつにいいよ。したかったら、あたしを取り調べてもいい。ほしければ、アメリアのモンタージュ写真を作るのに協力してもいい。どんな顔か知ってるから。写真を見せたげてもいいよ。ジムの家にひとつあるし」

「オリヴィア」

アンディがあたしの肩《かた》に両手を置いた。

「もう帰らせてあげよう。必要なら、また連絡《れんらく》がくるから」

でも、連絡なんかこなかった。お墓《はか》のなかの殺人鬼《さつじんき》と話せる人物を見つけたら、警察はよろこぶと思うでしょ？　すくなくとも興味持ってくれると思わない？

「もっとたくさんの赤ちゃんの死体が出て、だれがやったかわからないなんてことになっても、自業自得《じごうじとく》だからね」

その女の警察官がテレビでしゃべってるのを見て、あたしはつぶやいた。

でも、その人はぜんぜん気にしないみたいだった。

追悼礼拝《ついとうれいはい》

アメリアがいなくなれば、全部変わると思ってた。思ってたの……わかんないけど。アメリアのことはあたしの言ってたのが正しかったってジムがわかってくれて、あたしに、もどってきてまたいっしょに暮らそうって、言ってくれると思ってた。もういろんなことをいちいちこわがらなくてよくなるって思ってた。もうこわい夢を見ないで眠《ねむ》れるって思ってた。

でも、何も変わらない。あたしはやっぱりアンディとクリスの家にいる。ブリストルの中学校に通いはじめたけど、その学校は大きくて、おそろしくて、わからないことだらけだし、みじめな気分だった。トルフォードの中学校もきっと大きくて、おそろしくて、わからないことだらけで、みじめな気分になると思うけど、あそこにはダニエルがいるし、男子たちはやっぱり昼休みにサッカーをして遊ぶと思う。成長するって、疲《つか》れるし、なんか気が滅入《めい》る。大きくなったら、そのぶんだれにも気にかけてもらえなくなる。もうかわいいとは思ってもらえないし、こんなやつにかまうだけ無駄《むだ》だって思われるようになる。

グレースは、八月にオールAの成績をとって、ロンドン経済大学に入学をみとめられた。それって、すっごいことらしい。グレースとメイジーは、九月にロンドンに引《ひ》っ越《こ》すことになってる。小さなアパートを用意してもらえて、そこにはメイジーの部屋もあるの。グレースが学校にいってるあいだ、メイジーは託児所《たくじしょ》で預かってもらうんだって。こういうことは全部、トルフォードの教会にいったときに聞いた。その日は死んだ赤ちゃんたちの追悼礼拝《ついとうれいはい》で、アンディとクリスが、あたしをそこに連れてってくれた。

トルフォードの教会は人でいっぱいで、それを見てあたしは腹が立った。家族がいなくて、福祉《ふくし》のお世話になってる生きた子どもたちのことは、だーれもなんにも気にしないのに、何年も、何年も、何十年もまえに死んだ赤ちゃんのためには、こんなに人が集まるんだから。この人たちは、もし百年前に生きてたら、死んだ赤ちゃんのお母さんたちにひどいことを言ったんだろうな。

ジムも、ダニエルとハリエットとグレースとメイジーを連れてきてた。あたしは、みんなのすがたを見て、びくびく、そわそわした。グレースはあたしのこと、憎《にく》んでるに決まってる。だって、メイジーにあんなことしようとしたんだから。

「帰ろう」

あたしはアンディに言った。でも、アンディはあたしの肩《かた》に腕《うで》をまわし、「だいじょうぶだよ、オリヴィア」と言った。そのとき、ハリエットがあたしたちに気づいて、こっちに走ってきた。ジムも、ほかのみんなも、それについてくる。グレースまで。ただし、ジムのうしろからだけど。グレースが全身をかたくしてるのがわかる。緊張《きんちょう》がにおいでわかった。逃《に》げだしたかったけど、アンディの腕《うで》があたしの肩《かた》にかかってるし、みんながあたしを見てる。

一か月見ないあいだに、メイジーは歩けるようになってた。メイジーがとことこ、あたしたちのほうへやってきた。あたしはこわくなって、うしろにさがろうとした。あたしはもう、メイジーのそばにいちゃいけないんだもの。あたしがメイジーにさわったりしたら、だれかにどなられるに決まってるよね？

「だいじょうぶだよ、オリヴィア」

クリスが言った。クリスはメイジーを抱《だ》きあげ、高く持ちあげた。

「やあ、おじょうちゃん、こんにちは！　かわいいね！」

そのとき、ジムがそばにきて、おとな同士のたいくつな会話が始まった。死んだ赤ちゃんたちのこととか、メイジーのこととか、学校のこととか。そこでジムが、グレースがロンドン経済大学に合格したって話をしたの。アンディとクリスは、グレースが住むことになるアパートのこととか、託児所《たくじしょ》のこととか、いろいろ質問した。そのアパートに住んでるのがだいたいは結婚《けっこん》して子どももいるおとなの学生だってことを聞いて、アンディはひどいと思ったみたい。

「ほかの一年生といっしょじゃないなんて、残念だね。いろんな機会をのがすことになる」

グレースがだんだんアンディにむかついてきてるのが、わかった。

「べつに残念じゃないですよ。ほしかったものは全部、あたえてもらったから。メイジーのことだってそう。メイジーがいて残念だなんてことはないわ。ね、メイジー？」

「いや……そういうつもりじゃ……」

もごもご言うアンディをグレースがにらみつけて、あたしはつい笑っちゃった。あたし、グレースが好き。それがよくわかった。自分がこんなにたくさんの人を好きになるなんて、思いもしなかった。

礼拝《れいはい》は、死にそうにたいくつだった。讃美歌《さんびか》に、お祈《いの》りに、祈《き》とう書《しょ》の朗読《ろうどく》、悪についての牧師さんのつまんないお話。そのあいだ、あたしはどれだけいらいらさせたら、アンディとクリスがあたしを教会からつまみだすか、ためしてた。もぞもぞ動いたり、クリスの脚《あし》をつついたり、「つまんない、つまんない」って言いつづけたり、バカみたいな質問をしてみたりした。たとえば、「あの数字って何？」とか、「牧師さんのえりのとこが白いのは、なんで？」とか、「まだ終わらない？」とか。それでとうとうクリスは、あたしに外に出てなさいって言った。

外は静かで、気持ちよかった。グレースがベンチにすわって、メイジーと遊んでた。メイジーがまたあたしのほうに走ってきて、グレースがそれを追っかけてきて、メイジーを抱《だ》きあげた。

「この子に手を出したら、しょうちしないよ」

グレースは、おどすように言った。

「何もしないよ。するわけないでしょ！　アメリアはもういなくなったんだから」

グレースは「ふん」と言ったきり、しばらくだまってた。でも、そのあとでこう言った。

「なら、よかったじゃん、ほんと」

あたしは、なんて答えたらいいか、わからなかった。

「ジムがもどってもいいって言ってくれるかも。グレースもメイジーも、もうあの家を出てくんだし。そうしてくれるかも」

「かもね」と、グレースは言った。

「でも、あたしなら、あてにはしないね。人を信用してたら、いつも傷つくことになるよ。ジムにあんたの心配をする義務なんて、ないでしょ？」

そう言われて、あたしは逃《に》げだしたくなった。遠くに、うんと遠くに逃げて、二度と帰らないでいたいと思った。もう十八歳《さい》で、ロンドンに自分のアパートがあるなら、人を信用しなくてもぜんぜんかまわないだろう。でも、十一歳と半分で、パパもママもいなくて、家もないとしたら、それってすごくしんどい。だけど、グレースの言うことは、たぶん当たってる。

「あたし、もうメイジーを傷つけたりしないよ。ぜったいしない」

あたしが言うと、グレースは肩《かた》をすくめた。まだ、あたしのこと警戒《けいかい》してる。

「約束なんて信じないことにしてんの。人を信じないのといっしょ。この世界では、自分で自分の面倒《めんどう》を見るしかないのよ。だれもかわりにやっちゃくれない」

その日、家にもどる車のなかで、あたしはグレースの言ったことを考えた。グレースの言うとおりなのかな？　わからない。まえならぜったい、グレースに賛成したと思う。けど、あたしは自分の好きな人たちのことを考えてみた。リズ。ヘイリー。ダニエル。ハリエット。メイジー。グレース。あと、ポーク・スクラッチングスと、ヤギたちと、それからジム。あの人たちを信じていいのかどうか、わからない。でも、信じたいと思う。それに、信じるって、そんなに悪いことじゃないはず。でしょ？

ふきげんな雲

リズが会いにきた。まえと同じに、毎週あたしに会いにくる。グレースにあんなことしたあとはもうこないと思ってたけど、でも、きた。

ジムの家にいたときは、リズが会いにくると、だいたい感じよくできてたけど、アンディとクリスの家では、リズがくると、あたしはひどい態度をとった。どなりつけたり、顔にものを投げつけたり、思いつくかぎりの悪口を言った。メイジーにあんなことしたんだから、さすがにリズもあたしがどんな人間かわかっただろうと思ったのに、まだわからないみたい。

リズは、公園に散歩にいこうって、あたしを連れだした。どんよりして、しめった風のふく寒い日で、雨はふってないけど、すべてをおおいつくすような、きげんの悪そうな雲に、気持ちが暗くなる。

「どうなのかなあ」

リズは、じめじめした林のなかを歩きながら、話しだした。

「どうなのかなあ、わたしに腹が立つのは、グレースの件で自分が悪かったって思ってるからなのかなあ。里親から委託解除《いたくかいじょ》になったことを後悔《こうかい》してるせいかなあ。わたしが怒《おこ》ってると思って、わたしに叱《しか》られるのをおそれてたりするのかなあ」

「ほっといてよ！」

そう言ってみたけど、リズはほっといてくれなかった。

「わたしがあなたのこと愛してるって、わかってくれてるかなあ。あなたがそんなにふさぎこんでたらわたしがどんなに悲しいか、知っててくれるのかなあ」

「愛なんてうんざり。あたしはだれにも愛されたことないんだから」

「わたしは愛してる。それに、わたしだけじゃないとも思ってる」

「だったら、どうしてみんな、いつもあたしから離《はな》れてくの？」

リズは答えなかった。あたしも、べつに答えてほしいわけじゃない。あたしたちは、ぬかるんだ道をぶらぶら歩いた。茶色い紙みたいな葉っぱが、はらはら落ちはじめてる。ふたりの足音だけが聞こえる。

「ジムはもう、あたしとは会いたくないって思ってる」

あたしは、横目でちらっとリズを見ながら言った。

「それはちがうってことを、わたしは知ってるけどな」

リズが言った。

あたしは答えなかった。

また、リズが言った。

「悪かったって思ってること、ジムに伝えた？　またいっしょに暮らしたいと思ってること、伝えてる？」

そんなこと、言う必要ない。言わなくてもわかってるはずだから。

「もうあたしとなんか暮らしてくれない。だめだって言うよ。ハリエットのことがあるから」

「うーん。そうかもね。それは、覚悟《かくご》しとかないといけないわね。でも、あなたがまたいっしょに暮らしたいと思ってるのを知らなかったら、ジムだって、そうしてもいいかどうか、考えてみることもできないんじゃない？　ちゃんと伝えないといけないわ」

あたしは足をとめた。泣いちゃいそう。あたしは、リズに見られないよう、顔をそむけた。するとリズは、あたしの顔を両手ではさんで、自分のほうへ向けた。その手はやさしかったけど、声には「いや」といわせない力がこもってた。

「伝えなさい」

リズはもう一度言った。

月曜日

あたしは、ジムに手紙を書いた。

親愛なるジム様　（そう書いた）

グレースにしたことごめんなさい。ああしたのはそれでアメリアをおいはらうことができると思ったからだけど、それはまちがいであんなことしちゃいけませんでした。もう二度としません。やくそくします。もしまたそっちにもどっていっしょにくらすことができるなら、いっしょうけんめい、いい子になります。ばかばかしいと思ってもヘレンにしろと言われたことをぜんぶやります。ジムの言うことをよく聞いて、ダニエルやハリエットにも二度といじわるをしないようにします。

わたしのしたことをぜんぶゆるしてほしいです。ゆるしてもらえなかったら自分がどうなってしまうかわかりません。

家ぞくがほしいなんてわたしには思うしかくがないのはわかってます。でもどうかまた家ぞくにしてもらえるよう、ねがっています。

心をこめて

オリヴィア・グラス

あたしは手紙を封筒《ふうとう》に入れ、そこにクリスが宛《あ》て先《さき》を書いてくれて、あたしに切手をくれた。

「速達。速達じゃないと」

「オリヴィア、こんなことしても無駄《むだ》かもしれないのは、わかってるよね？　ジムがきみのことをすごく気にかけてるのは知ってるよ。だけど……きみのほかにも考えなきゃならない子どもたちがいる。やっぱり返事はノーかもしれない。それは覚悟《かくご》しておくんだよ」

「ちがう！　ノーなんて言わない！　そんなのありえない！」

「そうじゃないことを祈《いの》ろう」

口ではそう言ったけど、クリスの声は悲しそうだった。

あたしは、クリスから封筒を受けとると、道のつきあたりにある郵便ポストに向かった。

「十番地だからね！」

クリスがうしろから大声で言い、あたしはうなずいて、「十番地」とくりかえした。

あたしはいつも、ふたりの家がどこだかわからなくなる。どの家も、みんな同じに見えるから。

つきあたりまでいくと、おじいさんが孫を連れて歩いてた。メイジーよりちょっと大きいくらいの子。その子はネコをなでようとして、かがんだ。

「にゃーにゃ」と、その子は言った。

「にゃーにゃ、にゃーにゃ、にゃーにゃ！」

「そうっとな」

おじいさんが言う。

「おどかしちゃだめだぞ」

どうしてだれも、あんなふうにあたしを愛してくれなかったんだろう。

ポストを見ると、最後に集めにくるのは午後五時四十五分と書いてあった。

もう過ぎてるから、あたしの手紙は明日の朝まで回収されない。そのあと、ジムの家にとどくまでにまる一日かかるし、日曜には配達はない。でも、月曜の午前中にはとどくはず。そしたら、月曜の午後には返事を聞けるかもしれない。あたしを学校にむかえにくるとき、アンディはもう、答えを知ってるかも。

「月曜日」

あたしは声に出して言った。それから、願いをこめ、封筒《ふうとう》のおもてにキスをして、気持ちが変わらないうちにポストに入れた。

アメリア・ダイアーについて

アメリア・ダイアーは、過去に実在した人物です。一八三七年に生まれ、人々の注目を集めた裁判のすえ、殺人罪で一八九六年に絞首刑《こうしゅけい》になりました。長年のあいだにいったい何人が殺害されたのか、正確なところはだれにもわかりませんが、その数は約四百人と見られています。出生時に死産と見せかけて殺したケースもあれば、生まれたあとにじゅうぶんな栄養をあたえなかったり、適切な世話をしなかったりしたことによって、死亡させた例もあります。首をしめ、テムズ川に捨てることもありました。アメリア・ダイアーとほかの似たような事件の裁判は世間を騒《さわ》がせ、それがひとつの要因となって、イギリスでは現在のような児童養護システムが生まれました。

この物語に登場するジムの家はフィクションですが、アメリア・ダイアーは赤ちゃん農場をつづけていた三十年間に、ひんぱんに引《ひ》っ越《こ》しをくりかえし、ここに出てくるような場所に住んでいたことも何度かあります。とはいえ、アメリア・ダイアーが、死後、そのどこかに舞《ま》いもどったというたしかな話は、いまのところありません。

謝辞

この物語には三人の編集者がいます。マリオン・ロイド、アリス・スワン、ジェネヴィーヴ・ヘア。たがいに意見のぶつかることもありましたが、あなたがた三人の力で、この本はよりよいものになりました。ありがとう。エージェントのジョディ・マーシュ、そしてスカラスティック社にも感謝します。風変わりなアイデアのあれこれを、最後まで支持してくれました。

執筆中《しっぴつちゅう》、とてもたくさんの養父母、里親家庭、また、里子としてつらい経験をしたかたがたのブログや手記を読ませていただきました。その数はあまりに多く、ここにはお名前を書ききれませんが、おひとりおひとりに感謝もうしあげます。あなたがたが勇気を持って、包みかくさず語ってくださらなければ、この本はまったく違《ちが》ったものになっていたでしょう。

コーヒーショップの作家仲間、ヴィクトリア・ヴァン・ハイニングとタラ・バトン、いつもはげまし、愚痴《ぐち》をきいてくれたスージー・デイ、ピタ・ハリス、ジョー・コットリル、フランシス・ハーディング、その他オンラインでつながっている作家の友人たちにも感謝を。そして、わたしのすばらしい夫、トム・ニコルズ。「きみがそんなに稼《かせ》がなくても、ぼくは気にしないよ」とか「このプリンター、いますぐ直せって？　はいはい、わかりました」とかいってくれて、ありがとう。お金についてのあなたのアドバイスには、いつかちゃんと耳をかたむけようと思っています。ほんとに。

とてもたいせつな人たちへのお礼が最後になりました。「これぞ！」というタイトルのついた、不気味な子守歌を教えてと、せっぱつまってツイッターに書きこんだわたしに答えてくれたアデル・ジェラスに感謝を。そしてありがとう、フィル・ホガート。まだ気づいてないかもしれないけど、あなたが持ってたターディスの形のエアフレッシュナーをだまってくすね、リズにあげてしまいました。ごめんなさい。リズはたぶん返してくれないと思います。

サリー・ニコルズ

解説

伊藤《いとう》 嘉余子《かよこ》　大阪公立大学教授・博士（社会福祉学）

みなさんは、いま、だれといっしょに住んでいますか？
あなたにとって「親」とは、「家族」とは、どんな存在ですか？
あなたにとって「家」とは、どんな場所ですか？

人間にはかならず、お父さんとお母さんがいます。しかし、すべての人が父親・母親といっしょに生活しているわけではありません。親といっしょに暮らせない子どものための制度として「社会的養護」というものがあります。

社会的養護とは、保護者のいない子どもや、保護者に養育させることが適当でない子どもを、公的責任で社会的に養育し、保護するとともに、養育に大きな困難をかかえる家庭への支援《しえん》をおこなうことを意味します。具体的には、保護者が亡《な》くなってしまった子ども、虐待《ぎゃくたい》や育児放棄《いくじほうき》にあって親といっしょに暮らせない子ども、親が拘留《こうりゅう》された子どもなど、「いまは親といっしょに生活できない状況《じょうきょう》にある子ども」を社会の責任で養育しながら、親・家庭への支援をおこなうことです。

社会的養護には、児童養護施設《じどうようごしせつ》などにおける養育である「施設養護」と、一般家庭《いっぱんかてい》で暮らす人が自分の家に、親と暮らせない子どもを迎《むか》えいれて家族のようにいっしょに生活する「里親養育」の大きく二つのレパートリーがあります。日本では二〇二二（令和四）年三月末現在、社会的養護のもとで暮らす子どもは約四万二千人ですが、そのうち、約六千人が里親家庭で、三万六千人が施設で生活しています（こども家庭庁）。つまり、日本の社会的養護の主流は施設養護ということになります。日本のこうした状況《じょうきょう》について、国連から「日本の社会的養護における里親養育をもっと推進すべきである」と複数回にわたって改善勧告《かいぜんかんこく》を受けています。

オリヴィアが暮らすイギリスでは、社会的養護を必要とする子どものほとんどが、施設ではなく里親家庭で生活します。この点は日本と大きく異なる点です。社会的養護を必要とする子どもの中には、親からの虐待《ぎゃくたい》や育児放棄《いくじほうき》を経験している子どももいます。オリヴィアもそうでした。このような子どもについて、国はまず「一時保護」といって、一時的に親・家庭から引きはなし、その子どもに必要な支援《しえん》は何か、虐待を受けた心の傷はどのようなものなのかなどについて、調査がおこなわれます。リズは、こうした「一時保護」を専門とする里親です。そのため、オリヴィアが「ずっとリズといっしょに暮らしたい」と希望しても、それは難しいのです。なぜなら、「里親」の中には、リズのように「正式な行き先が決まるまで一時的に子どもを養育する里親（一時保護里親）」と、ジムのように「できるだけ長く子どもを養育する里親（養育里親）」といった種別があるからです。さらに、戸籍上《こせきじょう》、本当の親子になる「養子縁組《ようしえんぐみ》」という制度が、里親制度とは別にあります。虐待《ぎゃくたい》や育児放棄《いくじほうき》などを経験した子どもが、もう二度と実親といっしょに生活できない事情にある場合は、新しい親と養子縁組をして、新しい家族をもつことができるのです。

しかし、親・家族といっしょに生活できない状況《じょうきょう》にある子どもが、新しい親・家族・家をもつことは、とても難しいことです。十一歳《さい》のオリヴィアにとってアイヴィー家は十六番目の家でした。つまり、何度も何度も「この家でもうまくいかなかった」「ここの里親からも愛してもらえなかった」という経験を積みかさねて生きているのです。たとえオリヴィアが「この里親さん、好きだな」「ずっとこの里親さんといっしょに暮らしたいな」と思ったとしても、里親がオリヴィアと「ずっといっしょに暮らそう」と思ってくれなければ、オリヴィアは何度でも追いだされ、引《ひ》っ越《こ》しせざるを得ないのです。

オリヴィアは言います。「だれかをあんまり好きになりすぎないようにもしてる。だれかを好きになっちゃうと、最後がつらくなる――どこか別の場所にいかなきゃならなくなったときに」

だれよりも「自分を愛してくれる人」を求めているのに「あんまり好きになりすぎないように」しなければいけない、「好き」という気持ちにブレーキをかけながら生活しなければいけない毎日を想像すると、胸が苦しくなります。

社会的養護や里親を必要とする子どもにとって、「良い里親」とは、どんな里親でしょうか？　オリヴィアは「いちばんいいのは自分しか子どものいない家」と語っています。ほかの子どもと「大人・親」の愛情を奪《うば》いあったり、気を使いすぎながら生活したりしなくてすむからです。しかし、実際には、自分がその里親宅に引《ひ》っ越《こ》してくるまえから長く住んでいる別の里子が複数いたり、里親と血がつながっている実子が暮らしていたりすることが少なくありません。社会的養護を必要とする子どもの多くは「自分だけをみてくれる大人」「自分に目いっぱいの愛情を注いでくれる大人」を求めています。

良い親といわれる親は、わが子に「無償《むしょう》の愛」をそそぎます。無償の愛、無条件の愛とは「あなたはそのままで愛されるべき価値ある存在だ」というメッセージを、言葉・態度・行動などあらゆる手段を用いて子どもに伝えるものです。勉強ができるから好き、お手伝いをよくするから好き、という「条件つきの愛情」ではなく、あるがままのその子どものすべてを受けいれ、愛することが「無償の愛」です。

愛してくれるはずの親からの暴力（身体的／心理的）を受けつづけた子どもは、逆に「暴力がない生活」に居心地の悪さを感じることがあるといいます。オリヴィアにとって八番目の家になったドナとクレイグの家で「四か月いっしょに暮らしてもまだ、一度もぶたれていないこと」は「意味がわからないこと」でした。そしてそれは「いつぶたれるようになるかわからない」ことであり「何がきっかけでぶたれるかも見当がつかない」ので「いつでも警《けい》戒《かい》してなきゃならなかった」というのです。こういう状況《じょうきょう》や心境になったときに、里子が起こすアクションの一つとして「試し行動」というものがあります。自分がどれくらい里親を怒《おこ》らせたら、里親は自分をたたくのか、その境界線を知らなければ安心できないというのです。暴力の中で育つことが子どもに与える影響《えいきょう》は計り知れません。

オリヴィアは、そんな自分を持てあましたり葛藤《かっとう》したりしています。

「怒るのはやめられない。ママに会いたい気持ちもとめられない。ヘイリー（妹）が大好きなのも、おねしょしちゃうのも、暗いとこがこわいのも、マミーとダディ（里母と里父）を好きになれないのも、おなかがすくのも、それでぬすみ食いしちゃうのも、ほかにも、みんながあたしを捨てたくなるようなこと全部、自分ではやめられない。不安になったり怒ったりするのは、わざとじゃない。これは、生まれつき」

「ジム（里親）にはものすごくひどいことをした。まちがいなく、ほんとに、完全に、徹底《てってい》的《てき》に、とことん、ひどいことをした。ひどいことをしてるとき、それがひどいことだってずっとわかりながらしてたけど、でも、やめられなかった」

また、どんな力が欲《ほ》しいか尋《たず》ねられたオリヴィアは「人にあたしのしてほしいことをさせられる力」と心の中で答えます。そんな力があったら、里親であるジムやリズは「あたしをほんとの子どもみたいに愛して、あたしを養子にする」、そして「ママは帰ってきて、あたしのことを愛してくれる」というのです。

自分の生活や人生を自分でコントロールできない不全感や絶望をみなさんは理解することができるでしょうか？「こんな家に生まれたくなかった」「親がもっと優《やさ》しい人ならよかった」……自分の力ではどうすることもできない「大きな力」のために、理不尽《りふじん》な生《お》い立《た》ちを歩むことを強いられてきた子どもの気持ちによりそいながら、ともに生活することが、里親や社会的養護の担《にな》い手《て》である養育者が果たすべき重要な役割といえます。

「あたしにはなんの力もない。どこに住むかも、家をうつるときに自分のものを持っていけるかどうかも、だれがあたしのママやパパになるかも、何も決められない」

「いままで生きてきて、たしかだと思えることなんか、ひとつもなかった。あたしには家もない。家族もない。愛してくれる人もいない。だから、何かしがみつくものがなかったら、あたしはおぼれ死んじゃう」

オリヴィアの「おぼれちゃう、助けて」に応答すること。それが社会的養護の使命だといえます。

サリー・ニコルズ

Sally Nicholls

1983年イギリスのストックトン・オン・ティーズ生まれ。高校卒業後に半年ほど日本で働き、ニュージーランドやオーストラリアを旅したのち、イギリスに戻ってウォーリック大学で哲学と文学を、バース・スパ大学で児童文学創作を学ぶ。大学院在学中に書いた『永遠に生きるために』（野の水生 訳・偕成社）で2008年に作家デビュー。同書はウォーターストーン児童文学賞最優秀賞を受賞し、2010年に映画化された。他の作品にガーディアン賞、コスタ賞の2015年ショートリスト作品“An Island of Our Own”、2019年カーネギー賞ショートリスト作品の“Things a Bright Girl Can Do”（いずれも未邦訳）などがある。リバプールで夫と2人の息子とともに暮らしている。

杉本詠美

すぎもと　えみ

広島県出身。東京都在住。『テンプル・グランディン 自閉症と生きる』で産経児童出版文化賞翻訳作品賞を受賞。読み物の翻訳に「シロクマがやってきた！」シリーズ、『クリスマスとよばれた男の子』など、絵本の翻訳に『いろいろ いろんな かぞくのほん』『ねえ、きいてみて！』などがある。

さあ目をとじて、かわいい子

2025年4月初版1刷

作者　サリー・ニコルズ
訳者　杉本詠美
発行者　今村雄二
発行所　偕成社　〒162-8450 東京都新宿区市谷砂土原町3-5
電話 03-3260-3221（販売部）03-3260-3229（編集部）
https://www.kaiseisha.co.jp/

印刷　中央精版印刷
製本　常川製本

NDC933 ／ 319p ／ 19×13cm
ISBN978-4-03-728050-5　Published by KAISEI-SHA. Printed in Japan.

落丁本・乱丁本はお取り替えします。本のご注文は電話・FAX・Eメールでお受けしています。
Tel：03-3260-3221　Fax：03-3260-3222　Email：sales@kaiseisha.co.jp